-minu

Bettmümpfeli für Grosse
Band 9

© 1988 Buchverlag Basler Zeitung
Druck: Basler Zeitung, 4002 Basel
Printed in Switzerland

ISBN 3 85815 160 2

-minu

Bettmümpfeli
für Grosse

mit Zeichnungen von Hans Geisen

Band 9

Buchverlag Basler Zeitung

Haarige Wünsche

Sie kennen das: man schaut frühmorgens in den Spiegel. Bekommt den Kotzer. Und denkt: «Es muss etwas geschehen!»
Dann verhängt man den Spiegel.
Oder man geht zum Haarschneider.
Haarschneider erkennt man heute daran, dass sie nicht mehr Haare schneiden. Und somit auch nicht mehr Haarschneider heissen.
In unserem Zeitalter wird eine Mähne gestylt. Oder gecuttet. Lockenwickler sind unterentwickelt – überhaupt wird allgemein mehr gebürstet. Brushing – heisst das Zauberwort.
Den gepflegten Salon eines Hair-Stylisten erkennt man an den glanzvollen Fotos, die er ins Schaufenster hängt. Es sind wunderschöne Männer wie Silvester Stallone oder Burt Reynolds, die dem durchschnittlich hässlichen Wurm gewinnend und taufrisch entgegenlächeln, als wären sie soeben im Innern des Salons frisch gelegt worden.
Man seufzt. Denkt ans Spiegelbild von morgen früh. Und wünscht sich nur eines: einmal so auszusehen, wie dieser Stallone hier...
Etwas geniert wagt man sich ins Intérieur des Salons, das so gar nichts mehr mit der Haarschneidestube von einst gemein hat. Keine Wartestühle. Keine papierigen Nackenrollen. Nicht einmal diese rauf- und runtertrampelbaren Astronauten-

Stühle. Nein. Das Ganze erinnert viel mehr an ein Tea-Room, wo Overall-Männchen überall Kaffee-Crème-Tabletts an Frisierplätze balancieren. Statt «Blatt für alle» liegen da «Schöner wohnen» oder «Vogue» – natürlich die französische Ausgabe. Und schon fuchtelt dir ein Overall in der Mähne herum: «Natur?» – Der Gute hat wohl Nylon oder Stahlwatte erwartet.

Wir nicken gottergeben. Und geben so Grünlicht für eine kleinere Bestellung: «Fräulein Anita – Shampoo gegen Vollfett. Lotion gegen Haarausfall. Reinweicher und Schuppenwasser. Dann das Besteck gegen die Gäbelchen...» Jetzt ein vorwurfsvoller Blick in den Spiegel: «Sie essen wohl keine Kleie?»

Wenn ich Kleie essen würde, sässe ich nicht hier. Sondern auf der Weide.

«Was soll's denn werden?» fragt der Overall honigsüss. Ich zeige etwas gehemmt zum Schaufenster, wo Silvester Stallone in Multicolor glänzt.

«Aha», sagt der Mann trocken. «Aha.» Dann komme ich unter die Brause. Und sie rupfen an meinem Haar herum, als sei ich eines der Hühner von Witwe Bolte.

Mittlerweilen haben die übrigen Overalls gemerkt, dass bei uns allerlei zu renovieren ist. Schon fuchtelt der erste mit dem Pinsel über meine Nase. Man legt dicke Schichten von Schlamm auf. Und ich erwarte demnächst den Presslufthammer...

Mein Haar wird in Stanniol gepackt. Und ich sehe aus wie Tante Käthes Wurststullen in der Folienpackung – zu guter Letzt lassen sie noch zwölf Infrarotlampen und die Witze des Chef-Friseurs auf mich los.
«Entspannen Sie sich», brüllt einer. Und träufelt mir Nerzöl auf die Wimpern. Langsam träne ich vor mich hin. Und spüre, wie sich die fetten Tropfen mutig einen Weg durch den Schlamm suchen...
Dann endlich kommt der Lohn der Pein. Sorgfältig werden die Locken aus dem Aluminium geschält, die Backen abgeschlammt und die Brauen zurechtgestutzt. Hurtige Fingerchen klopfen auf meinem Kinn herum, als wären es Registrierkassen. Und die geschwollenen Augen suchen im Spiegel das Bildnis, von Silvester Stallone.
Sie suchen lange. Und sie suchen vergebens. Da ist kein Silvester Stallone. Da ist nicht mal seine Frisur. Da ist dieselbe miese Fresse von heute morgen früh.
«Na», sagt der Chef-Overall freudig erregt, «na?! – Haben wir's doch noch hingekriegt. Macht Fr. 134.50. Eine Kopf-Amputation kommt teurer. Haha!»
Ich werde die Spiegel verhängen.

Society-Probleme

Kürzlich hat mich DRS 3 angerufen: «Sie schreiben doch über die Schickeria...»
«Worüber?»
«Über die High-Society... den Opinion-Leader-Kuchen, wenn Sie so wollen. Und...»
«Wenn ich über Kuchen schreibe, dann in der Kochspalte...», versuche ich den Interviewer zu unterbrechen. Umsonst. Der baut da bereits sein Bild von Denver-Clan und Kir Royal auf: «Also wer gehört nun eigentlich dazu? Wer ist ‹in›? Welche Voraussetzungen braucht's, um in eine Klatschspalte zu kommen...? Wieviele Male sind Sie bestochen, wieviele Male bedroht worden? Was war das tollste Geschenk und...»
Vermutlich ist der Mann falsch verbunden. Denn Schickeria? Vielleicht in Deutschland – aber bestimmt nicht im biedern Helvetien. Denn wenn da die noch so vornehmste Zürcher Dame an einer Gesellschaft mit ihrem krosenden Dialekt loslegt – nein. Dann ist sie Dame gewesen. Und der Schick geplatzt.
Oder anders: Ein Basler Uni-Professor der juristischen Fakultät heisst englische Kollegen willkommen. Bis zum Rednerpult ist die Sache noch stilvoll. Dann startet er seine englischen Begrüssungsworte – und alles ist aus. Die Leute schauen einander vielsagend an. Lächeln verstohlen. Den-

ken: Schweizer bleiben Schweizer. Der Duft von Kuh und Käse haftet uns seit Generationen an – das Bad in Chanel 5 ist umsonst gewesen.

Meine Grossmutter beispielshalber (diejenige von der vornehmen Seite) hielt es streng mit dem «comment». Sie lehrte mich im Kindergartenalter, dass eine wirkliche Dame nie ohne Hut und Handschuhe ausgeht. Der kleine Finger nicht gespreizt wird. Und Spiegeleier nicht mit dem Messer geschnitten werden dürfen.

Ich hielt mich an die Regeln und wollte eine Dame sein. Bis ich im Theater Tante Huldi, einer entfernten Cousine meines Vaters, begegnete. Sie trug Handschuhe und Hut – dabei hatte Mutter stets behauptet, das Huldi sei alles, nur keine Dame. Kurz: Die ersten Zweifel betreffs schweizerischen Comments und Society waren da.

Auch Rosie, meine Schwester, wurde in die Gesellschafts-Mangel genommen. «So etwas tut ein feines Mädchen nicht...», hiess es, wenn sie ihr Znüni-Täschli dem dummen Walterli auf den «Grind» schlug. Und Rosie schrie grün vor Wut: «Ich will ein unfeines Mädchen sein!»

Mit der Zeit habe ich gemerkt, dass sich jede Gesellschaft für die einzig seligmachende hält. Jede Clique ist die beste. Das Premieren-Publikum findet sich vornehmer als die Mittwoch-Abo-Besucher. Die Tanzschule X hat zwar einen schlechten Tangostil, aber die stilvollsten Familien-Knaben.

Die Schlanken sind gesellschaftsfähiger als die Dicken. Und die SP-Mitglieder königlicher als die Liberalen.

«Sind Sie noch am Apparat?», ruft der DRS-3-Mann ungeduldig. «Sie müssen doch – verdammt nochmal! – wissen, wer in die Gesellschaft gehört. Baby Kroetz sucht sich seine Society-Leute doch auch genau aus und...»

Ich überlege still. Gesellschaft ist für mich sowohl der Speaker am FCB-Match (der weder zum Premieren-Publikum gehört noch Handschuhe trägt) als auch der Wirt, der die hauchdünnen Wiener Schnitzel serviert und die Spiegeleier mit dem Messer schneidet. Gesellschaft ist die elegante Architekten-Gattin, die von Premiere zu Premiere jettet wie auch Molly, die Rosenfrau. Society – das ist nicht nur die seltene Sorte der Edelweiss, die lediglich über 3000 Meter Höhe gedeihen kann (deshalb vielleicht auch die vielbegehrten Edelweiss-Romane?).

«Aber Sie müssen doch eine Auslese treffen», bohrt der Mann weiter. «Geben Sie sich nicht so stur – sagen Sie endlich: Wer gehört dazu?»

«Das ist mir scheissegal!», brülle ich erleichtert in den Hörer, «verstehen sie: scheissegal! Ihre dumme Fragerei kann mich kreuzweise...»

Daraufhin knallte ich den Hörer auf die Gabel.

Das war nicht society-like. Aber von Herzen.

Fergie abgespeckt

Kürzlich hat mir der verantwortliche Redaktor dieser Seite ein Telexpapier in die Hände gedrückt. Schweigend. Kommentarlos. Aber mit drei Ausrufezeichen, die in der Luft standen:
«‹Fergie› – die Herzogin von York und Ehefrau des zweitältesten Sohnes der britischen Königin – hat mit Hilfe von Hypnose innerhalb eines Monats 10,5 Kilos abgespeckt. Nach Angaben von ‹Daily Mirror› soll der Hypnotiseur Michael Alderman die Herzogin bei langen Sitzungen davon überzeugt haben, auf kalorienreiche Mahlzeiten zu verzichten. Die Herzogin hatte während ihrer Schulzeit den Spitznamen ‹Zweimal›, da sie sich stets einen zweiten Schlag Essen holte...»
Nun schlägt sie also nur noch einmal. Ein Schlag für alle Dicken!
«Na und – was soll ich mit diesem Mist?» erkundigte ich mich beim Redaktor. Der zieht seine slawischen Augenbrauen hoch: «Ich dachte nur, es interessiere dich...»
Gut. Gut. Man hat mich in der Schule zwar nicht «Zweimal», aber «Staubsauger» genannt. Dies, weil ich stets alle Resten aufgesaugt habe. Und meine Vorliebe für kalorienreiche Speisen ist allseits bekannt. Ich kann den Joghurt-Süppchen nun einmal nichts Positives abgewinnen.
Aber bin ich die Herzogin von York? Zugegeben.

Ich hätte sie werden können – aber ich habe verzichtet. Um nicht auf Schweinskoteletten verzichten zu müssen, meine Lieben! Nur darum!
Und jetzt dies: «Vielleicht solltest du auch einmal zu einem Hypnotiseur...?»
Ich habe alles versucht: geeiert, genullt, geahornt, geätkinst, gemilcht und geabführpillt... umsonst!
Das einzige, was während meiner Kuren abgenommen hat, war mein Portemonnaie.
Immerhin – Tante Gertrude hat die Psycho-Fergie-News auch entdeckt: «Beim Coiffeur las ich ‹Frau mit Herz› und hab' sofort an dich gedacht – so ein Hypnotiseur kostet ja nicht alle Welt, und wenn du willst, kaufe ich dir einen auf Weihnachten. Und...»
Daraufhin habe ich mich bei Frau hyp. Guldimann angemeldet. Die Gute verspricht Heilung mittels Handauflegen. Und Telepathie. Allerdings waren mir vom ersten Augenblick der Frau Guldimann an ihre Hände unsym- und die Augen keineswegs telepathisch. «Entspannen Sie sich, Herr -minu», flüsterte sie. «Denken Sie an gar nichts...»
Wenn ich an gar nichts denke, steigt bei mir unwillkürlich ein Schoggikuchen-Gelust auf. Ich kann diesen höchstens noch auf Vermicelles-Basis verdrängen. Und...
«Fette Kuchen machen Ihnen Bauchschmerzen – es wird Ihnen speiübel ob Crèmeschnitten und

Wiener Schnitzeln. Sie mögen nur Gurkensalat öllos und nackte Karotten...», so brummelt die Hypnotisantin vor sich hin. Die hat gut brummeln – lieber ein bisschen Bauchschmerzen als keinen Schoggikuchen! Und kotzübel wird's mir bei der Vorstellung von Gurkensalat.
Ich stehe auf: «Es ist zwecklos, Madame! Ihr Tip mit den Wiener Schnitzeln hat meinen Appetit nur noch gesteigert...»
Daraufhin berappte ich ein nicht gerade kalorienarmes Honorar. Und ging mit gesundem Appetit an den Schoggi-Branchli-Apparat. Hier stiess ich dann auch wieder auf den Redaktor dieser Seite: «Da!» bruddelte er. Und drückte mir einen neuen Telex-Wisch in die Hände. «Die Meldung von Fergie ist überholt!»
Ich las die frischgebackenen Zeilen: «Nach Angaben des Massenblatts ‹Daily Mirror› in einem Exklusivebericht hat ‹Fergie›, die Herzogin von York, in den letzten vier Tagen wieder fünf Kilos zugenommen. So soll sie am traditionellen Bankett der Queen gleich dreimal einen Schlag Essen vom Buffet geholt haben...»
Werde ihr heute noch eine Karte schreiben: «Staubsauger aller Länder vereinigt euch!»

Hang zur Krone

Grossmutter las «Königinnen-Romane».
Mag sein, dass mich dies geprägt hat. Jedenfalls sass sie geräuschvoll schniffelnd und die Lippen wild hin und her rollend in ihrem Ohrensessel. Blätterte sich aufgeregt durch die Irrwege königlicher Liebe. Seufzte glücklich auf, wenn sich alles bekam. Und faltete sehnsüchtig die Hände: «Ich möchte einmal nur eine Königin sehen, so eine richtige mit Krone...» Dann, losgelöst aus jedem Zusammenhang: «... und wenn du weiterhin so Fingernägel frisst, wirst du von der Frau Königin nie ins Schloss eingeladen...»
Auch Fräulein Zürcher, meine heissgeliebte Kindergärtnerin, hielt sich Königinnen wie der Imker die Bienen. Sie erzählte uns die schönsten Märchen, die wir dann nachspielen durften. Und immer habe ich mich für die Rolle der Königin-Mutter gemeldet. Denn erstens schien mir die Figur des Prinzesschens stets etwas fade und lau. Was nützte ihm der Titel, wenn es für die Zwerge, diese mickrigen Macho-Typen den «Tscholi» machen musste. Da war mir die Alte mit dem Spiegel schon lieber. Überdies hatte sie die Königinnen-Krone auf sicher – also war's meine Rolle. Aber natürlich bekam sie Dorli Muff, dieser Trampel, der noble Haltung wie königliche Allüre absolut abgingen, und die stillos im Pausenhof mit dem

Krönchen herumhopste, als wäre sie Pipi Langstrumpf und nicht von blauem Blut, dem verpflichtenden...

Vater sah meinen Hang zur Krone nur ungern. Und als ich an meinem 8. Geburtstag statt der heissersehnten Königskrone (die es damals noch bei Knopf zu kaufen gab) einen Skihelm bekam, als ich ob dieser rüden Enttäuschung fast zusammenbrach und hysterisch losjaulte: «Ich will eine Königin sein!» nervte sich mein Vater sehr: «Lotti – das mit diesem saudummen Königinnenspleen muss aufhören!»

Mutter blieb ganz Königin-Mutter: «Hans – wir können nicht erwarten, dass er die Trämlermütze der Krone vorzieht...»

Und dann war wieder Radau im Palast.

Man kann sich nun die Aufregung vorstellen, als mir mitgeteilt wurde, man plane für die Frühlingsferien einen Abstecher zu Mutters Patin, der Schwester meiner Grossmutter nach Italien. «Zia Nelly», wie sie in der Familie genannt wurde, hatte einen «Conte» geheiratet. Und eine «Contessa» war immerhin besser als nichts.

Ich löcherte während der Hinreise Mutter mit Fragen nach dem Schloss. Und ob die Tante auch nachts im Bett ihr Krönchen tragen müsse...

Die Enttäuschung war immens: «Zia Nelly» hatte Zähne, Gut und Krone verloren, lamentierte über Rheumatismus und nervte sich, dass wir ihr keine

Knorr-Suppen mitgebracht hatten («die gibt's hier nicht!»). Und wiewohl das Haus der Contessa riesig war, bewohnte sie dennoch nur zwei Zimmer, weil man mit der Heizung sparen musste, und «es macht überhaupt einen recht heruntergekommenen Eindruck!», freute sich meine Grossmutter, welche beim blauen Titel ihrer Schwester stets rot sah.

Mit der Zeit sind also zünftig viele Zacken aus meinem Kronen-Bild gefallen. Ich habe gelernt, dass die richtigen Könige tatsächlich Skihelme tragen. Und das grossartige Leben von Schneewittchens Stiefmutter auch nicht gerade eitel Honiglecken gewesen sein muss.

Und nun dies: die Sekretäre Ihrer Durchlaucht Fürstin Gina von Liechtenstein sowie die Sekretärin Ihrer DRS-Prinzen, Frau Juhász, melden mir, dass einem Interview mit der Blaublütigen nichts im Wege stehe. Sie empfange.

Ich also nichts wie hin ins fürstliche Atlantis, sehe dort Frau Juhász mit ihren Kolleginnen, jage leicht übernächtigt auf sie zu: «Wo hockt denn die Gute?», worauf mir eine Dame auf die Schulter tippt: «Da mein Guter – sie haben mich wohl mit einem Krönchen erwartet?» Vermutlich hab ich das. Aber tempora mutantur – und Frau Fürstin hat sich mit einem Nagelkauer unterhalten...

Lob der Suppe

Als Kind hat man mir die Suppe eingebrockt. Typisch. Jetzt hab' ich den Salat.
Mein Arzt, Dr. H., schaut kritisch über seine Brillenränder: «Vielleicht sollten Sie künftig auf die Suppe verzichten, Herr -minu...»
Auf die Suppe!??
Ja, wo sind wir denn? Hat man mich nicht als kleinsten Suppen-Sabberer schon gelehrt: «Iss die Suppe auf. Fleisch gibt's erst, wenn alle Suppe weg ist...»
Und jetzt: «Die Suppe streichen wir von der Karte. Sie haben den typischen Suppen-Bauch...»
Supper-Idee das!
Tatsächlich ist für mich ein Essen kein Essen, wenn man die Suppe weglässt. Ich finde Suppen haben so etwas Gemütliches, Heimeliges – strömen einen würzigen Duft von Familien-Gemeinschaft aus.
Ich denke da unwillkürlich an unsere ovale Goldrändli-Suppenschüssel, an den verchromten Schöpfer und an Mutter, die mit majestätischem Blick über der Sache stand: «Gebt die Teller!»
Dann mit einem scharfen Blick zu Vater: «Die Suppe ist würzig genug, Hans – also...»
Das «also» stand wie eine ungesicherte Bombe im Raum. Und Vater zuckte erschreckt vom Maggifläschchen zurück, das er ansonsten wahllos und

lustvoll über Salate und Rührei, Griesspfludden und Apfelschnitzchen ausschüttelte – er war der Maggiavelli der Familie. Sozusagen.

Wir waren also die klare Suppen-Sippe. Mit klarer Fleischbrühe, in der feingeschnetzelte Pfannkuchen-Restchen schwammen (Flädli-Suppe). Oder haarfeine Teigwaren (Nüdeli-Suppe) – manchmal auch ein goldgelbes Firmament (Stärnlisuppe) oder die teigigen Grossbuchstaben, weniger ein Nähr- als Vergnügungswert für uns Kinder, die wir mit den gefischten Episteln Unanständiges an den Tellerrand schrieben (SUPPE KOTZ-KOTZ oder ROSIE DUMME KUU, in Ermangelung des gerissenen Hs).

Besonders scharf waren wir auf Potage de Tabjocca («Froschleichbrühe!») und Griess-Suppe. Letztere wurde stets mit in Butter braungebackenen Zwiebeln und gerösteten Brotwürfelchen angereichert – die Fettzellen platzten im Genuss.

Überhaupt war Fett dick gefragt. Ein Pot au feu, in dem keine «Fettäuglein» schwammen, war «Rinnsteinwasser». Und eine Brotsuppe, die nicht mit geriebenem Emmentaler überbacken worden war, galt als fade.

Wen wundert's also, wenn ich mich wundere, dass Suppenteller heute aus der Mode und dem Geschirrkasten gekommen sind. Oder, dass man in ihnen – à la nouvelle cuisine – zwei einsame Ravioli natür mit einem Blättchen Trockensalbei und

vielen guten Wünschen serviert. Die fette, gute Suppenschüssel fehlt mir. Der Schöpfer ebenso. Kürzlich habe ich in einem Nobel-Restaurant heisshungrig Sauerampfer-Suppe bestellt. Man schickte mir ein Espressotässchen mit einem lauen Schlücklein Nassem. Es reichte kaum zu einem Fleck auf der Krawatte. Und dem sagen sie heute Suppe!
Kein Wunder, dass die Jugend kein Fleisch mehr auf die Knochen bringt – typische Rinnsteinwasser-Generation...

Kampf den Bläsern

Früher waren Meringues noch Meringues.
Ich meine das so: da gab's die beiden weissen Schalen, die nur richtig waren, wenn sie in der Konsistenz etwas «knautschig» schmeckten. Die Schalen klemmten den Rahm ein. Einen ganzen Rahmberg. Dick. Fett. Und gezuckert.
Kurz: Meringue war eine Götterspeise. Mit oder ohne rotes Büchsenkirseli. Die Sache mag kalorienbombig gewesen sein – aber köstlich, köstlich!
Ich weiss nun nicht, wann zum ersten Mal geblasen wurde. Aber seither ist's aus. Rahm ist kein Rahm mehr. Und wo früher die Köchinnen noch echten, kostbaren und nicht entfetteten Rahm mit einem Schwingbesen zu einem weissen, kühlen Berg herangebeselt haben, schüttelt heute irgendeine Küchenhilfe Blumenvasenähnliches. Drückt am Drücker. Und – pffft! Gott sei's geblasen – schon furzt da eine undefinierbare Schaummasse über Schoggi-Kuchen, Erdbeercrème und Bananensplit.
«So!» sagt die Küchenhilfe. «So». Und versorgt die Vase wieder im Eiskasten. Dort wartet sie, bis zur nächsten Schlagrahmschlacht geblasen wird!
Ehrlich – was ist das für eine Zeit?! Ich bekomme Bier, das nicht mehr nach Bier schmeckt. Und leicht «light» ist. Sie servieren mir Zucker, der gar keiner ist und auch nicht danach aussieht (aber

pro Löffel nur 0,003 Kalorien). Da sind Frankfurter-Würstel, die nach Sägemehl und tausend Wünschen, nur nie nach Frankfurt und seinen Schweinen schmecken – aber eben: 220 Kalorien pro Wurst weniger. Und ich warte auf den Moment, wo das erste Huhn sein Ei ohne den so kalorienreichen Gelbdotter legt. Ich bin überzeugt, dass dieses Huhn für den Nobel-Preis vorgeschlagen würde...

Was mich nervt, sind die Klagerufe der Jungen: zurück zur Natur. Dieselben Jungen aber löffeln Joghurt, der mit Cyklamat gesüsst wird, trinken Cola mit Kunstzucker und freuen sich über einen flachgepressten Beefburger, weil dem jedes Gramm natürlichen Fetts entzogen worden ist.

Und jetzt noch die Sache mit dem Rahm und seinem Geblase. Wo ich gehe, wo ich sehe bietet man mir «Viertel-Rahm» an, aber auch «Viertel-Butter» und «Viertel-Milch». Der modische Konsument lässt sich's gefallen.

Soll er, *ich nicht!*

Ich kaufe weiterhin Vollrahm und besele mir genüsslich die weissen Kalorienberge hoch. Schliesslich gibt es so etwas wie Qualitätsbewusstsein. Und wenn Vollrahm wie Vollbauch auch nicht Mode ist – ich pfeif' drauf. Mit Halb- geschweige denn Viertelheiten hab' ich mich noch nie abgegeben.

Kürzlich nun haben nette Kollegen die Sache auf

die Spitze getrieben. Sie schickten mir eine wundervolle Torte – aus Gummi. Und aufblasbar: 0 Kalorien.
«Macht bestimmt nicht dick...», schrieben die beiden sinnig. Und ich kann mir vorstellen, wie sie sich vor Vergnügen auf ihre brandmagern Hühnerschenkel geklopft haben.
Ich hab' das Paket zurückgeschickt. Kommentarlos. Bin in die nächste Konditorei und bestellte mir zum Trost: «eine Portion Meringue – aber bitte mit geschlagenem Vollrahm. Kein ‹Pffft›!»
Daraufhin hörte man aus der Küche das zärtliche «Dlagg... dlagg... dlagg» des Rahmschlägers. Welcher Ton! Welcher Rhythmus! Wenn man sich dagegen das unfreundliche Gezischel eines Bläsers vorstellt. Schrecklich!
Wie soll die Welt je Qualitätsbewusstsein entwickeln, wenn ihr ständig jemand den Rahm von der Milch schöpft...?

Socken im Kühlschrank

Man sagt: Zerstreutheit sei das Vorrecht der Professoren. Mag sein.
Dann habe ich eine sechsfache Professur zugut.
Jedenfalls ertappe ich mich mindestens dreimal wöchentlich dabei, wie ich im Eiskasten die Socken suche.
Und mir Mayonnaise auf die Zahnbürste kleckse.
Tatsache bleibt: Ich bin zerstreut wie ein umgekipptes Salzfass. (Oder ist das «verstreut»? – Sie sehen: Das Theater fängt schon an…)
Apropos Theater. Das Streu-Theater liegt bei uns in den Genen. Mein Vater hat sein Sechsertram des öftern mitten in der Fahrt stehen gelassen, weil ihm plötzlich in den Sinn kam, dass er für Mutter noch Malaga einkaufen sollte.
Nun hatte ich erst kürzlich zu Hause wieder meinen Streu-Tag. Hing herum. Wollte mir eine magere Stärnlisuppe brauen – da klingelte es. Ich sprach drei Minuten mit der Alarmanlage, bis ich merkte, dass es das Telefon war.
Grethi war's. Mit Cafftard. Und gegen Cafftard hilft einzig und alleine ein gutes Essen. Deshalb:
«Um sieben im ‹Bruderholz› und…»
In Gedanken war ich bereits bei der Menükarte.
Eine Stunde später bettete ein Kellner wortlos und mit der Miene des vornehmen Leichenbestatters einen Loup de Mer vor mich hin. Überschüttete

diesen mit Treibstoff. Und liess den armen Kerl in Flammen aufgehen – wie ich nun gedankenverloren in die Kreamtion schaue, sehe ich's plötzlich vor mir: Küchenbrand!

«Das Wasser», japste ich. «Umshimmelswillen – mein Wasser!»

«Wir haben nur Perrier», erklärt der Leichenbestatter hoheitsvoll. Aber da quetschte ich mich auch schon ans Steuer. Und jagte zum Feuerherd, auf dem mein Stärnlisuppenbouillonwasser seit zwei Stunden auf Höchstfeuer brodelte.

Nun sagt man ja immer, die Fantasie sei der Segen aller Zwillingsgeborenen. Wenn man eine Pfanne auf dem Feuer vergessen hat, wird die Fantasie zum Fluch. So tanzten vor meinen Augen Bilder von Feuerwehrmännern auf Leitern und... bitte! Die Sirene heulte schon.

Es war aber nicht die Feuerwehr. Es war ein Motorrad-Polizist, der mich energisch stoppte: «Sie haben soeben das dritte Rotlicht überfahren.» «Es brennt. Bei mir zu Hause. Pfanne vergessen...» schrie ich hysterisch.

Und – ein Halleluja diesem Polizisten! – der Mann reagierte sofort: «Ich mache Ihnen eine Eskorte!»

So fuhr ich mit Blaulicht am Rheinweg vor. Dort war's allerdings seltsam ruhig. Und die Miene des Herrn Polizisten umwölkte sich sehr: «Also wenn das ein saudummer Trick sein sollte...»

«Ein Trick?!» schrie ich ihn an. Doch was er fand,

war lediglich eine Pfanne mit Wasser. Eiskalt. Sein Blick wurde es auch. Meine Psyche schrumpfte wie ein Ballon, bei dem man die Luft ablässt: «Also, ich schwör's, ich hab's draufgetan... dann muss ich's irgendwie doch gelöscht haben und...»
«Sie!» brüllte nun der Polizist. «Sie! Und dafür haben Sie dreimal Rotlicht überfahren. Für ein bisschen abgestandenes Wasser – Sie werden von uns hören!»
Daraufhin ging er missbraucht von dannen.
Ich war fix und fertig. Duschte mir unter der eiskalten Brause den Frust weg – und warte nun auf die Polizeibusse.
Grethi wartete auch. Als ich an den Tisch zurückkam, stemmte sie die Fäuste in die Hüften: «Was soll eigentlich dieses Theater mit dem Wasser...?»
Wasser? Wassertheater? Umshimmelswillen – habe ich die Dusche abgestellt...?

Verbotene Tränen

Kürzlich war's wieder soweit. Da hocke ich also im Kino. Und da kommt die Stelle, wo sie sich – endlich! endlich!, nach drei Eiscornets und zwei Päckchen Schokomandeln – kriegen.
Der Weg war lang. Und umständlich. Jetzt ist es soweit: Er entdeckt sie kurz vor dem Sprung ins Meer... hält sie zurück... der Regen peitscht in beider Gesicht. Auch in meins.
Ich hocke da. *Und heule. Heule. Heule.* Linda streckt mir geniert ein Taschentuch zu. Zischt: «Aufhöriges! Sofort – du kitschiges Naudel...»
Aber ich kann nicht aufhören. Die Schleusen sind offen. Ich bade in diesem süsslichen Schmerzgefühl, spritze Tränen um mich wie die Scheibenwischanlage das Wasser. Und schneuze mir allen Jammer vom Herzen. Dann stehe ich mit den letzten abgewürgten Schluchzern und entzündeten Augen im Alltag.
Die Tränenschleusen sind ein Familienerbstück. Man hat unsere Sippe nahe ans Wasser gebaut. Schon als kleinstes Kind ist mir meine Grossmutter (Vaterseite) aufgefallen, wie sie in ihrem Gold-Bastei-Roman («Krankenschwester Ritas grosses Geheimnis») nuschelte, wie sie aufgeregt vor sich hin pfiff, Lippen und Zähne hin und her schob, dann hastig 30 Seiten übersprang und den Schluss zu lesen begann. Jetzt aber hub ein Prusten und

Quietschen an, ein Schniffeln und Stöhnen. Sie fingerlte nach dem Nastüchlein, das im Pulswärmer steckte, würgte einige Schluchzer ab, quiekte noch dreimal verklärt auf und schloss das 50-Rappen-Heftchen.
«Hat sie ihn bekommen?» erkundigte sich Mutter gefühlvoll. «Ja», nuschelte Grossmutter, «dabei war die schwarzhaarige Krankenschwester wie Pech und Schwefel... aber das sind die Schwarzhaarigen immer und...»
Mit zehn Jahren habe auch ich gemerkt: das Gute ist blond, das Böse ist schwarz. Und das Glück kommt auf der fünftletzten Seite.
Es ist ganz selbstverständlich, dass ich «Goldromane» und «Frau im Glück» oder «wahre Geschichten» zu verschlingen begann. Am meisten freute ich mich stets auf das Happy-End. Am meisten freue ich mich auch heute noch aufs Happy-End – aber meine Lieben, die Vorfreude bleibt die schönste. Denn Happy-Ends sind rar geworden – wie Berganemonen. Oder Türkenhonig am Stiel.
Die meisten Geschichten, die ich heute lese, Filme, die ich mir anschaue, Theaterstücke, die ich über mich ergehen lasse, kennen kein glückliches Ende. Sie kennen sehr oft auch keinen glücklichen Anfang. Und schon gar keinen glücklichen Mittelteil. Es sind überhaupt immer unglückliche Versuche.
Wir leben in einer Welt, wo Freudentränen ver-

pönt sind. Und wenn Pirmin Zurbriggen auf dem Treppchen steht, wenn das «Morgenrot» und die Schweizer Fahne langsam hochgezogen werden – wehe der Heulsuse, die da ein Tränchen vergiesst! Besser man scheisst insgeheim in die Hosen, als öffentlich Gefühle zu zeigen. Schon wird man als gefühlstrottliger «Chauvi» abgestempelt. Und schämt sich eins…

Früher haben die Lehrer mit dem Zeigefinger gedroht, wenn eine Stunde zu gefühlvoll oder gar menschlich zu werden drohte: «Sparen Sie sich Ihre Gefühle für die Pause…» Man trug also die Freude in der Sparbüchse herum.

Heute schütteln mir alle Intellektuellen – oder solche, die sich dafür halten – aufgeregt den Zeigefinger entgegen: «Ohnmacht… rasende Wut… Aggressionen» sind ihre Schlagworte. Happy-End ist ein Schimpflaut geworden, passt in kein Weltbild. «Happy» hat gar nicht zu enden – und meine Lieben, das wohl ist das Ende des Happy-Ends.

Vor einigen Tagen war der erste Frühlingstag. Mit Sonne, Wärme. Und einem ersten Hauch von Grün…

«Ist das nicht wunderschön…?» habe ich mich gefreut.

Die Antwort war typisch für diese Zeit: «Sie haben auf morgen bereits wieder kalt und nass gemeldet!»

Kragen geplatzt

Gestern ist mir der Kragen geplatzt. Eine spürbare Spannung ist der Explosion vorangegangen. Dann plötzlich, mitten im Sechser-Tram – peng! Das Perlmutt-Kragenknöpfchen spickte – dlagg! – dem Vordermann in den Stiernacken.
Der kehrte sich um: «Was soll das?!»
«Mir ist soeben der Kragen geplatzt!» lächelte ich.
«Mir schon lange», brummte der Mann. Und vertiefte sich wieder in die Bingo-Zahlen seiner Zeitung. Ich habe daraufhin den nächsten Hemdenladen aufgesucht: «Bitte ein neues Hemd – mir ist der Kragen geplatzt.»
Die Verkäuferin war eitel Sonnenschein: «Ja, ja. In diesen Zeiten platzen viele Krägen... haha... welche Nummer haben Sie denn?»
Bei dieser Frage zucke ich stets leicht zusammen. Ich mag nicht, wenn man sich nach meinen Nummern erkundigt. Bei den Hosen bin ich gerade noch im Sortiment drin – zumindest, was die Bundweite betrifft. Allerdings ist die Beinlänge dann gut einen halben Meter zu gross. Doch das ist nicht weiter schlimm. Solches kann man umschustern.
Beim Hemdenkragen ist das anders: «46», flüstere ich. «46!!», schreit diese Kuh von einer Verkäuferin entsetzt. Alles blickt auf.
«Der Herr hat Kragengrösse 46», ruft sie jetzt ge-

nervt zum Chef. Worauf sämtliche Kundschaft an meinem Hals hängt – optisch.

Schliesslich schaut mich die Hemdenfrau zuckersüss an: «Tut mir leid – Sie haben einen zu dicken Hals. Bei 46 ist Schluss. Noch grössere Kragenweiten führen wir nicht. Selbst 46 haben wir nur für Extremfälle mit Kropfbildung. Sie müssen sich schon nach einem Hemdenarchitekten umsehen – haha. Nehmen Sie doch Christo. Der verpackt alles!»

Ich gehe nicht zu Christo. Und gehe nicht zu einem Architekten – sondern zu Herrn Ruckstuhl, meinem Masseur. Er ist Kummer mit meinen Grössen gewohnt: «Es ist nicht der Hals, Herr -minu – es ist das Doppelkinn, das Ihren Kragen sprengt. Ja, wir müssen fast schon von einem Trippel- oder Quartelkinn sprechen. Und…»

Er empfiehlt die Eierkur. Herr Ruckstuhl empfiehlt immer die Eierkur: «Innert zwölf Tagen werden Sie wieder auf die Nummer 44 zurückschlanken. Und welch ein glücklicher Tag für Sie, wenn jemand in all diesem Speck Ihr wirkliches Kinn wieder entdeckt – vielleicht sollten Sie einen Finderlohn ausschreiben, haha!»

Man merkt: Herr Ruckstuhl ist nicht nur ein erstklassiger Masseur. Er ist auch ein grossartiger Seelenkneter.

Wen wundert's, dass Sanftbesaitete wie ich nach solchen Erfahrungen mit hängendem Kopf und

Kinn bei Linda Trost suchen: «Es hat mir den Kragenknopf abgejagt. Seither leide ich. Was soll ich tun?»
Natürlich versteht sich diese Frage rein rhetorisch. Man kann an Linda nicht wirklich im Ernst eine Frage stellen. Ihre Antwort basiert stets auf irgendwelchen Naturmittelchen, die man in Jamaica anwendet und auch jetzt: «Kauf Rollkragenpulliges. Wir in Jamaica bei dickiges Hals alle tragen Rollkragenpulliges...»
Rollkragen? – Natürlich. Das ist die Lösung. Keine Spannung mehr. Kein Knopfspicken – Rollkragen: die ideale Hülle für den dicken Hals.
Eine Stunde später umschmeichelt wuschelweichgewaschener Kunststoff meinen Hals. Zwei Stunden später habe ich da einen Ausschlag.
Was nun?
Könnte mir eventuell jemand sofort die Telefonnummer von Herrn Christo vermitteln?

Nimmermehr Nummern-Meer

Wir haben keine Namen mehr. Wir sind Nummern. Und selten war der alte Ausruf «Der ist mir noch eine Nummer!» berechtigter als heute.
Alles und jeder wird numeriert. Liebe wird nach Nummern aufgeteilt (auch hier haben sich die Nummern in den Umgangsjargon eingeschlichen: «Wollen wir ein Nümmerchen drehen?»).
Essen wird nach Nummern bestellt («Geben Sie mir einmal 5. Einmal 119. Und zweimal 83. Beim Getränk nehme ich die Flasche 110.»). Solches mag ja bei chinesischen Bestellungen gut und recht sein. Da kann man sich unter einer Nummer mehr vorstellen als etwa unter «Fuji Chli jung». Doch weshalb ist paniertes Schweineschnitzel ein «warmes 23»? Da vergeht einem ja die Kaulust.
Früher haben sie uns «Hampe» oder «Hammelkotelett» gerufen. Heute bist du «AX 12387/b». Oder «Alpha 12». Sie richten dich als Zahlensalat an. Und vergessen, dass dein Gemüt dabei auf Zéro dahinwelkt. Das einzige Bestreben eines jeden: die Nummer eins zu werden. Oder zumindest eine Primzahl – durch die dich keiner teilen kann.
Soweit also unsere intellektuelle Nummer.
Kommen wir nun zum schlichten Bruch.
Leider verlangt die Umwelt von unserem noch nicht auf Computer-Zahlen trainierten Hirn (denn in unserer Schule hat man einst mit Äpfeln, Bir-

nen, Nüssen gerechnet), leider verlangen die Schlaumeier des heutigen Zahlenlottos also, dass wir unsere verschiedenen Codes im Hirn gespeichert haben.

Haben wir aber nicht! Im Gegenteil!

In unserem Hirn jagen die verrücktesten Nummern herum. Aber nie Zahlen. Und so passiert Entsetzliches: man steht vor dem «Postomat». Schiebt die Karte ein. Ist mit den Gedanken bei einer doppelten Portion Erdbeer-Eis mit Schlagrahm und ... *«Bitte Code eintippen... Bitte Code eintippen... Bitte Code eintippen!»* blinzelt's unentwegt auf dem Bildschirm. Das Erdbeereis schmilzt im Galopp. Und du hast Panik: Code? ... natürlich! ... also das war doch die Geburtszahl von Onkel Alfred minus 3 und Glückszahl 17 davor. Halt nein, das ist die Tankkarte ... bei der Post ist's das Teeservice durch 3 mal 4 und die Hausnummer der Blickensdorfer...

Mutig tippt man's ein. Aber *«Sie irren sich... bitte neu wählen...»*

Solches müsste einem bei Grossratswahlen passieren.

Man codet sich also durch sämtliche Eselsleitern. Dann hat der Computer genug. Er schluckt die Karte. Schliesst die Türe. Da hockst du ohne Geld – und die Leute, die hinter dir Schlange stehen, schauen dich mit leisem Misstrauen an.

Weshalb muss eigentlich alles über Codes gehen?

Weshalb klingeln Ladenkassen nicht mehr gemütlich mit «bimbam» – zum heiligen Bimbam nochmal! Weshalb piepsen und quiecken da Registriercomputer wie Schweinchen vor dem Abschlachten? Und weshalb kann ich meine Schoggibranchli im Znüniautomaten nur mittels einer Computerkarte auslösen?
Ich möchte, dass da wieder einmal einer «tschau Hampe!» sagt. Oder «hallo Kotelett!» Und nicht einfach «hello ninety-one!»
Vielleicht gründe ich auf die kommenden Wahlen nun eine Partei mit dem Schlagwort «Nimmermehr Nummern-Meer!» Und wäre dann prompt Liste 16.
Doch was nützt all unser Lamento – schliessen wir hier den Artikel. Und geben wir ihn in den Computer. Er ist auf Codenummer 349988/cx abrufbereit...

Busse in Bern

Irgendwo hat *Er* in die Heilige Schrift schreiben lassen: «Gehet hin und tuet Busse!»
Grossartig. Nichts dagegen einzuwenden. Aber weshalb muss denn gleich stets das ganze Polizei-Corps ausrücken?
Und warum rücken die immer nur auf einen los?
Nun, es stellt sich die Frage, ob ich künftig den Auto-Bus nicht den Auto-Bussen vorziehen sollte.
Da haben mich nun also kürzlich das Schicksal und mein Verleger nach Bern gerufen. Ich nichts wie hin. Und nirgends Aussicht auf einen Parkplatz. Bei der Hauptpost endlich finde ich die rettende Insel. Werfe einen Zweiliber in die Parkmaschinerie. Und verlege meine Schritte zum Verleger.
Er verlegt mit mir zwei Stunden und 15 Minuten. Letztere sind zuviel. Denn die Parkmaschinerie zeigt bereits den roten Mahnfinger. Ich tuckere also mit schlechtem Gewissen heimwärts. Ahnungsschwanger...
Zwei Monate später beehrt mich die Berner Polizei mit einem Brief: «Sie haben 15 Minuten überschritten...»
Dafür verlangt man 20 Franken. Macht rund Fr.1.33 pro Minute – oder anders: Für eine Busse-Minute der Berner Stadtpolizei kann man sich eine ganze Schachtel Importeier kaufen.

Ich lache herzlich. Und werfe den Einzahlungsschein fort.

Dann ist Ruhe. Zumindest die nächsten vier Wochen. Jetzt meldet sich nämlich die Hauptwache vom Spiegelhof – ich solle doch mal vorbeikommen. Oder telefonieren.

Am Telefon erfahre ich: «Sie sind beschuldigt, 15 Minuten Berner Parkzeit übertreten zu haben. Und wir müssen Sie verhören. Könnten Sie uns besuchen?»

Dann fügt die Stimme entschuldigend hinzu: «Es tut mir leid – aber mit den Bernern ist nicht zu spassen...»

Ich gerate in Panik. Sehe mich mit Handschellen in der Folterzelle. Unterbreche den dritten Abschnitt des Traderaklatschs. Jage zum Spiegelhof. Und werde schon bei der Spitalstrasse von einem Polizisten angehalten: «Aber... Aber... Sie haben mindestens 100 Sachen drauf!»

«Ja», stottere ich genervt, «muss zur Polizei... dringend... 15 Minuten à Fr. 1.33 das Stück, und...»

«Angeschnallt sind Sie auch nicht!» schaut der Polizist nun traurig.

«Nein. Bin ich nie!!»

«Aha – und die Stopstrassen überfahren Sie wohl traditionsgemäss...»

«Stopstrasse? Ohhh? Die da hinten? Es kam ja niemand, und...»

Daraufhin ging das Honorar von zwei Kurzgeschichten an den Polizisten und eine Gratisermahnung an mich: «Wir haben alle unser Bündeli zu tragen – aber bevor Sie das nächste Mal losfahren, atmen Sie einfach dreimal durch!»

Auf der Hauptwache wurde ich schliesslich von einer netten Polizisten-Dame verhört: «So. Das ist Ihr Geständnis – wollen Sie's bitte hier unterschreiben? Wir schicken's dann nach Bern.»

«Teures Viertelstündchen», seufzte ich, «mittlerweile bin ich bei Fr. 9.95 pro überschrittene Park-Minute angelangt.»

Die Polizistin lächelte: «Es gibt Schlimmeres – wenn man bedenkt, was heute ein Kiosk kostet, haha!»

An der Scheibe meines Autos klebte übrigens prompt eine Parkbusse. Ich hatte auf dem gelben Strich angehalten – schliesslich war die Sache pressant...

Ich nahm den Zettel und atmete dreimal tief durch...

Spinnereien

Es gibt Spinner. Und es gibt Spinnen.
Spinner mag ich. Sie durchbrechen unser Beton-Korsett. Und sind die Würze des Massengraus.
Doch Spinnen? – Nein danke! Da gerate ich in Panik. Lieber ein Elefant unter dem Bett als Spinnenbeine an der Decke.
Schon Mutter hat es stets mit netten Worten versucht. Hat mir die Spinne quasi salonfähig machen wollen: «Also sie ist so nützlich... die macht keinem Menschen etwas... schau' nur dieses wunderzarte Netz, das sie da spinnt...»
Soll sie ruhig spinnspannen. Spinnennetze finde ich wundervoll. Aber nur leer. Oder mit Tautropfen dran. Spinnennetze mit Spinnen drin sind aber das Letzte. Ich hasse diese dünnen Krabbelbeine. Und irgendwie erinnern diese Spinnen an Polizisten, die Radarfallen aufstellen. Peng. Schon hockst du drin.
Da liegst du also flach in der Heia. Freust dich an der dritten Leiche, die Agatha Christie dir randvoll mit Gift gefüllt auf Seite 43 serviert. Blätterst gedankenvoll verloren und spinnst so deine eigenen Mördlein («Also wenn ich den zu einem Pilzessen einlade und Digitalis dazu menge dann...») – plötzlich ist jede Mordlust zur Sau. Denn dein Blick ist von einem kleinen, schwarzen Punkt irritiert worden. Du starrst gebannt zur

Decke. Tatsächlich. Dort hockt sie: «Spinne am Abend – ein Flieglein nagend!»
In ähnlichen Momenten jage ich aus dem Bett. Schreie «Hoooolz... Holz!» Bebe durchs Haus. Und bin am Rande des Zusammenbruchs.
Doch da torkelt unser lieber Freund Holz bereits schon schlaftrunken aus seinem Zimmer. Hält ein Kleenex in der Hand. Und gähnt: «Wo?»
Er ist Kummer und Spinnen gewohnt – schliesslich stammt er aus alter Familie.
Genervt führe ich ihn also in mein Schlafzimmer und zeige an die Decke. Er öffnet sein Kleenex-Papier. Schüttelt es aus dem Fenster. Und spinnt jedes Mal dasselbe Witzlein, das auch schon meine Mutter (die mir im Kinderzimmer immer wieder Spinnen in aller Nacht entfernen musste) stets gesponnen hat: er tut, als wäre die Spinne noch im Papierchen, schüttelte das Kleenex-Fötzeli über meinem Bett aus. Und ich schreie Zetermordio, obwohl ich weiss, dass alles nur Theater ist. (Aber man kann eben doch nie wissen...) Kurz: das sind so die kleinen Spinnereien im Alltag.
Ich weiss nicht, weshalb ich mit der Spinne spinnefeind bin. Aber schon ihre Spinnbubbele (Spinnfäden, wie's auf Deutsch wohl heisst) finde ich eine Zumutung. Da schrubbt man das Haus für seine Gäste auf Hochglanz. Prahlt mit frischpoliertem Silber – prompt zeigt so eine Kuh auf einen grauen Faden, der wie Hubers Toni nach

dem sechsten Glas hin und her schwankt: «Aha – ihr habt Spinnen!» Der Abend ist zur Sau. Die Gäste polieren heimlich mit meinem Tischtuch die Messer sauber.

Und wenn ich anderntags der «Haabi» mit vorwurfsvoll tränenden Augen erkläre: «Es hatte Spinnfäden...», so winkt die ab: «Dos sin kainer Spinnfoode... dos sin Huddle.» Sie erklärt mir, dass «Huddle» einfach nur so aus Luft entstehen würden und ebenso unberechenbar seien, wie Politiker oder der FC Basel. Mit Spinnen hätten «Huddle» rein gar nichts zu tun. Und deshalb sei der Ausruf meines Gastes «Ihr habt Spinnen» eine Beleidigung. Daraufhin zieht sie hocherhobenen Hauptes Fäden – und ab. Ihre putzende Seele ist gekränkt. Und wo bekomme ich jetzt so schnell wieder eine Huddle-Expertin her? – Eben.

Justement in diesem Moment krabbelte wieder eine Spinne über den Küchenplafond: «Haaabi!» schrie ich wie am Spiess, «die Huddeln sind doch Spinnen und...»

Sie kommt. Nimmt den Flaumer. Flaumt über die Spinne. Und schüttelt das Ganze mit verächtlicher Miene neben mir durchs Fenster aus.

Dann unkt sie: «Spinnen am Morgen – Kummer und Sorgen!»

Lieber Gott – weshalb hast du den Spinnen keine dickeren Beine geschenkt?

Rosige Zeiten

Als der liebe Gott seinen Spass haben wollte, schuf er Adam. Später bröckelte er vom Rippstück die Eva ab. Damit die beiden sich aber an etwas freuen konnten, liess er Rosen erblühen.
Eva nahm sich die Blüten.
Adam bekam die Dornen.
So rosig sehen die Zeiten auch heute noch aus.
Oder anders: Sie sitzen als Adam in einem Restaurant. Vis-à-vis lächelt Eva. Unter der Türe steht die Frau mit dem Rosenkorb.
Die Gedanken galoppieren durchs Gangliengeäste: «Weshalb muss jetzt dieses Aas mit den Rosen kommen...? Kauf' ich eine oder drei...? Was kosten die überhaupt...?
«Eine», sagst du leise. Und verschluckst dich, weil du in das missbilligende Gesicht der Rosenfrau schaust. «Eine!»
Jetzt beugt sich die Rosenfrau an dein Ohr. Zischelt dir einen Preis in die Muschel, der einfach nicht wahr sein kann. «Was!» brüllst du. Sie zischelt nochmals. Diesmal sehr prononciert. Und am nächsten Tisch: «Eine Rose für die Dame?»
Himmelherrgottnochmal! Weshalb fragt dieses wandelnde Rosenbeet denn nie: «Eine Rose für den Herrn?»
Weshalb bekommen wir immer nur den Preis ins Ohr geflüstert? Und die Dornen offeriert? Wo ist

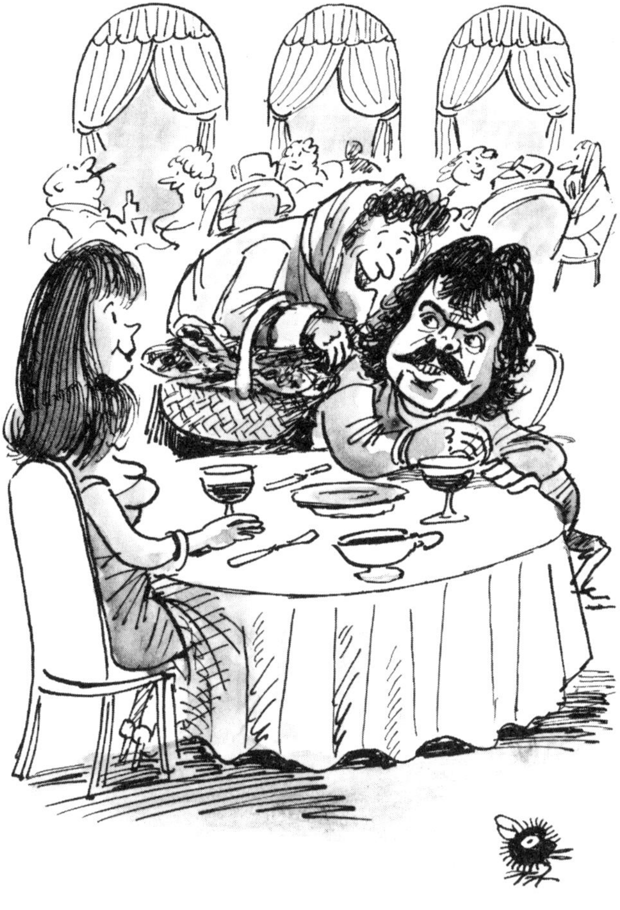

da die Emanzipation? Ich hadre nicht, ich frage nur...

Nie werde ich mein ureigenes Rosenkavalier-Erlebnis vergessen. Unsere Matur-Klasse spielte Shaws' «Kaiser von Amerika». In Ermangelung weiblicher Talente wurde die weibliche Hauptrolle unserer Kleinigkeit übertragen: Ich spielte die Kaiserin. Shaw drehte sich im Grabe.

Während der Proben nun, wie man mich in Rock und Langhaar steckte, unten schnürte und oben stopfte – als da die Kaiserin rein optisch geschaffen wurde, kam auch Toni Abächerli in die Aula. Und war geblendet von der Schönheit der Kaiserin. Da Toni Abächerlis Vater eine Kleindruckerei besass und unser Programm gratis druckte, druckte auch sein Filius. Allerdings an der Kaiserin. Und als ich da eben losbrüllen wollte, knallte Hannes Baumgartner, was mein Bühnenmann und somit der Kaiser von Amerika war, mir die Ellbogen in die Rippen: «Sei still, du Kamel – sonst bekommen wir die Programme nicht umsonst!...»

Worauf ich litt. Und die Familie Abächerli froh druckte.

An der Premiere nun legte man mir die sechs Blumenbouquets in die Arme, die ich mir selber geschickt hatte. Dazu ein siebtes. Völlig unerwartet: Rosen. An den Rosen klebte ein Kärtchen von der Druckerei Abächerli: «der schönen Kaiserin».

Die Rosen waren übrigens aus Plastik. Der Busen der Kaiserin war es auch. Somit waren wir quitt.
Nun habe ich kürzlich mit einer Horde Sportjournalisten die Tour de France in Dijon besucht. Man sass abends in einem Restaurant. Die Türe öffnete sich. Da stand die Rosenfrau.
Ich winkte ihr zu, sie solle jedem der Herren den Korb hinhalten. Worauf die Rosenfrau zuerst bleich, dann geschäftstüchtig rosig wurde.
Die Männerrunde aber reagierte, als hätte man ihr einen Topf mit saurer Milch hingestellt. Diese Saftsäcke begannen zu stottern, zu schwitzen und brachen fast schon in Tränen aus: «Aber nein... das geht doch nicht...»
Sie versteckten die Rosen geniert unter den Servietten. Nur Hansi freute sich. Pflückte gleich zwei. Und war froher Laune.
Am andern Tag hat er mir erklärt: «Das mit den Rosen war wirklich eine nette Idee... ich hab' sie heute morgen dem Zimmermädchen geschenkt. Und so das Trinkgeld gespart...»
Männer haben die Dornen verdient.

Geladene Kamera

Fotoapparate liegen mir nicht. Sie liegen zu schwer auf dem Bauch. Drum lass' ich sie liegen. Und fotografiere nicht.
Fototouristen, die immer und überall jeden und alles abknipsen, sind mir wie Sauerkraut – also ein Greuel. Ja, ich nerve mich über Freund Christoph, der – kaum sieht er eine Kirche oder eine Blume am Wegrand – das Apparätchen zückt. Und «knips», schon ist die Kirche in der Kiste.
Bestimmt geht meine Fotoapparat-Aversion auf jene Zeit zurück, als ich auf dem Markusplatz von Venedig meinen Vater ablichten sollte. Die Geschichte kennen Sie – meinen Vater kennen Sie nicht. Liess sich von den gefiederten Freunden umvögeln. Ja, er sah bereits aus wie ein zu Mensch gewordener Taubenschlag – «knips!», brüllte er. Und ich fand den Drücker nicht. *«Kniiiips!»* – jetzt war er ausser sich vor Wut. Und die Tauben vor Schreck. Vaters Gebrüll schlug auf ihre angeschlagenen Magennerven. Sie liessen Ballast sausen. Und «pfffft» machten sie alle. Ich endlich: «knips!»
Auf dem Bild sieht man Vater – bumsvoll übersät – wie eine Riesentropfkerze aussieht. Und im oberen Fotorand einen Drittel von einem Taubenschwanz, der davonfliegt.
Nun wollte es der Zufall, dass ich an eine Reporta-

ge nach Venedig musste. Und man mir einen Fotoapparat in die Hände drückte.
Ich wollte eben protestieren, da brüllte der Redaktor: «Schweig, schreib und knips!»
Da stand ich. Mit einer vollautomatischen Kamera, zu der unser Fotograf hämisch bemerkte: «Sie ist geladen.» Und ich war es auch.
Man gab mir weitere Anleitungen: «Dieser Apparat ist von Schimpansen und Nasenaffen getestet worden. Sie haben ihn sofort kapiert. Und richtig benutzt. Es ist alles automatisch. Wenn's nicht geht, geht's nicht...»
Der letzte Satz ist Redaktorenlogik.
«Wenn du alle 36 Bilder durch hast, rollt sich der Film automatisch zurück – gute Reise!» Das war der Fotograf, der schadenfrohe.
Nun sind meine Fingerchen ja sowieso die feinsten nicht. Vielmehr sind es sautierte Klöpfer. Und bedienen Sie mal mit zehn Klöpfern einen Knipsapparat. Eben!
Wie ich da also vor Jeannot Tinguely hin und her zielte, kippte der beinahe in Ohnmacht: «Waas? Du Vollpumpe fängst auch noch zu knipsen an? Lässt man heute eigentlich alles auf die Menschheit los...?» Als ich also bei «Vollpumpe» losschiessen wollte, weil das O einen so netten Mund macht, da passierte gar nichts. Nur «zssst». Und «grrrrt». Und plötzlich «dingdong».
«Du bist zu nah», rief der Künstler, «also, das

weiss ja jedes Baby. Selbst die Nasenaffen haben diesen Vollautomaten begriffen und du...»

Darauf nahm ich Abstand. Zielte. Und – «dlick!» – schoss. Ich schoss 36mal – immer die Worte meines Knipskollegen im Kopf: «Wenn du fertig bist, spult alles automatisch zurück. Also tu nichts am Apparat...»

Ich tat auch nichts. Aber der Apparat war fertig. Und ich auch: ganz plötzlich öffnete sich da etwas... Batterien kullerten auf den Boden... und eine immense Spule von grauem Film blubberte wie ein Spaghettiberg aus der Knipse.

Ich versuchte die Sache wieder hineinzudrücken. Umsonst. Da war zuviel Film. Und zu wenig Platz – Gott sei's geklagt! – es war wie beim Kofferpakken.

Ein Blumenhändler in der Calle dei Fabbri schnitt mir dann den Film durch. Die eine Hälfte warfen wir in den Kanal. Die andere wurde entwickelt. Immerhin waren noch drei Bilder brauchbar. Und ich platzte fast vor Stolz.

Mein Knipskollege holte mich dann wieder auf den Boden zurück: «Selbst Nasenaffen und Schimpansen...»

Selbstgespräche

«Du redest», verkündete Tante Gertrude beim letzten Sonntagsbraten. Sie säbelte genüsslich den Hals der Sau entzwei und wiederholte: «Du redest – ich hab' dich genau beobachtet...»

Nun rede ich ja immer. Schwatzen ist unsere Familienkrankheit. Schon meine Mutter versteckte ihr Zeugnis vor mir, weil da bei «Betragen» die Bemerkung «schwatzhaft» steht. Und ich verstecke mein Zeugnis, weil neben den horrenden Noten auch noch ein sackschwacher Vermerk gemacht worden ist: «Benehmen gibt zu Tadel Anlass.»

Nur Vater war ein stilles Wasser. Vermutlich ist das die beste Voraussetzung für Trämler und Politiker, doch wir schwatzen uns wieder vom Thema weg...

«Ich rede immer, liebe Tante», erklärte ich Gertrude und schaufelte von den extrafeinen Erbsen auf den Kartoffelstock. «In unserer Familie sind alles Reder. Und...»

«Besonders dein Vater», nervte sich Tante Gertrude. Und schüttete Sauce auf den Stock: «Politischer Schnorrer. Und Reeder der grünen Tramflotte – nein danke! Ich rede von deinen Reden. Du sitzt im Auto, bohrst in der Nase, wartest auf Grünlicht und unterhaltest dich bestens. Du redest mit dir selber, mein Lieber – im übrigen scheinst du dich zu mögen. Du widersprichst dir nur selten...»

«Ich spreche immer mit mir selber. Ich finde mich eben mein bester Gesprächspartner...»
«Eben! Und justement dies ist ein Zeichen des Alters. Nur alte Leute reden mit sich selber. Selbstredend, dass die Leute zu munkeln beginnen: der Herr -minu wird alt und...» So ein Blödsinn. Ich habe schon als Kind mit mir selber geredet. Habe verschiedene Rollen gespielt. Manchmal war ich der kleine Prinz, der unserer Kindergärtnerin ein Schloss bauen wollte. Dann war ich wieder die kleine Elfe, die eben von den Maikäfern zur Elfenkönigin gewählt worden war – ich spielte alle Personen auf dem Heimweg. Redete mal hoch, mal tief, tänzelte wie die Fliederfee oder marschierte forsch wie der Jäger im Wald – «das Kind ist total übergeschnappt», war der Kommentar meiner Grossmutter. Aber übergeschnappt war höchstens die Fliederfee – und das verstanden sie nicht.
Natürlich rede ich mit mir selber. Im Theater, vor dem Fernseher – vor allem auf dem Klo. Manchmal rede ich auch mit meinen Pantoffeln («Wo habt ihr euch wieder versteckt...») oder mit den Blumen («Hat Ginetta wieder das Wasser vergessen?»).
Und mir ist sauwohl bis zu dem Moment, wo irgend einer kommt und mir erklärt: «Jetzt muss ich mal ernsthaft mit dir reden – du redest nämlich mit dir selber.»

Weshalb sollen die Leute nicht mit sich selber reden? In einer Welt, wo die Jungen ihre Ohren mit Walkmen verschliessen, bleibt uns Alten doch gar nichts anderes übrig.

Tante Getrude wirft zeternd das Tranchier-Besteck hin: «Was ist los? – Ich rede da an eine Wand. Wo bist du mit deinen Gedanken? Ich habe soeben gesagt, dass du immer mit dir selber redest... kannst du eigentlich auch einmal zuhören?!»

Klar. Am liebsten mir selber.

P.S. Vergessen sie diese Zeilen sofort. Es war ein reines Selbstgespräch.

Orthographie-Debakel

Bin kein Rechtschreiber, leider. Die Misere fängt stets bei der Ortographie an. Ortografie? Oder: Orthography? Oder gar Orthographie?

Kurz: ich bin ein Banause und weiss, dass Banause von Banane kommt.

Mutter hat mich zu früh mit schöner Literatur vollgestopft. Da las ich mit zehn Jahren: Lotti, die Uhrmacherin – von Maria Ebner-Eschenbach. Mit elf dann: Droste-Hülshoff. Gottlob kam Onkel Alphonse mit einem Stoss Mickymaus-Heftchen dazwischen. Ich lieb(t)e diese Sprechblasen, lieb(t)e diese phonetische (fonethische? phohnetische?) Grund- und Grunzsprache. Mit «quieck». Und «huch!» Und «quietschhhh – wumms!»

Man kann sich vorstellen, wie Frau Ebner-Eschenbach neben «huch» und «grunz-unkunk!» zünftig abfiel.

Heute muss ich gestehen, dass die Schundheftchenepoche mein orthographisches Feeling zünftig geschwächt hat. Ich tippe mich irritiert durch die deutsche Sprache. Und versuche meinen eigenen Rechtschreibungs- und Deutsch-Stil zu finden.

Das mit dem «Stil» geht so weit, dass sich die Korrektur mitunter fragt: «Ist er wirklich so saudumm. Oder ist es bewusster Effekt?» Sie rufen mich dann leicht gereizt an: «Mein Lieber – du schreibst da: ‹Kommen Sie nummen zuun is – es gibt Naudeln und Öpfelmaus.› Dürfen wir's übersetzen? Oder soll das deine persönliche Note sein?»

Mein Rechtschreibedilemma hat schon bei Herrn Ruppli angefangen. In der ersten Klasse lernten wir Buchstabe für Buchstabe. I war ein Stachel wie die Stachel des I-gels. Und O eine runde O-range. So quälten wir uns durch das Alphabet und stocherten krampfhaft Wörtlein zusammen, wie etwa: *Susi iss mus Mama sumsum.* Oder: *Kuh muht muh – Mama mumuh.*

Mein kleiner Göttibub Oliver hat mir bereits nach einem halben Jahr Primarschule in «verbundener» (oder heisst's gebundener), also kurz: in schöner Handschrift geschrieben: «Ich freu mich Mäss.»

Erstaunlich. In seinem Alter war ist erst bei *sumsum*.

Kürzlich nun habe ich ein Fremdwort wieder falsch geschrieben. Die Korrektur hat's übersehen – der Leser nicht. Es hagelte Briefe und Beschwerden: Haben Sie keinen Larousse? Haben Sie kein Wörterbuch? Das Niveau Ihrer Schreibe ist dort angelangt, wo man das Dreilagige benutzt...

Und so weiter. Und so traurig.

Beim Fremdwort ging's übrigens um das Ballerinen-Kleid «Tutu», welches – tütüüü-tataaa! – vom französischen Kinderpopo kommt. Ich hatte es mit deutschweichem D und Ü-Strichlein geschrie-

ben. Aber der Kinderpopo hat ein französisches hartes T. Dafür keine Ü-Pünktchen.
In der Redaktion taten sie dann gescheit. Seufzten an der Sitzung – bruddelten in ihre schlecht rasierten Bärte halbe Sätze wie «typische Halbbildung...», «der gute Schulsack fehlt halt doch...», «kann man anderes erwarten?»
Dann gingen sie wieder überlegen an ihre Maschinen.
Höchste Zeit, dass ich denen mal Onkel Alphonse mit Klarabella Kuh vorbeischicke!

Der Spaziergang

Spaziergänge mag ich nicht. Hab' sie nie gemocht. Klares Kindertrauma: Tante, Mutter, Grossmutter als geschlossene Front. Mit Schleierhütchen. Und giftig gezischelten Bemerkungen hinter dem Netz («Jetzt hat d Müllere die Haare schon wieder gefärbt!»).
Mit Vater war's noch ärger. Er fragte stets Geographie ab: «Wie heisst dieser Fluss? Und dieses Schloss? Und die nächste Ortschaft?» – Bref: Trämmlerlatein auf dem Sonntagsspaziergang. Immerhin weiss ich deshalb noch heute, dass Schloss Angenstein Schloss Angenstein ist.
Und nun also: Frühlingswetter. Sommerlaune. Und liebe Freunde, die mit der Elsass-Karte wedeln: «Heute gehen wir auf einen Spaziergang – Hansi hat das Kommando. Er ist schliesslich im eidgenössischen Krisenstab!»
Ich winke ab. Ich kenne das: müde Knochen. Blasen an den Füssen. Und Dornen im Haar. Nein danke! Im Fernsehen geben sie Furglers Sportschau – da leidet man auch. Aber zumindest bequemer.
Nun werden die Herrschaften aber gallig. Zielen unter die Gürtellinie: «Du Schwammsack! Ein bisschen Bewegung könnte deinen Schwarten nur gut tun – keine Widerrede. Du kommst mit!»
Als Kind auf Gehorsam getrimmt, piepse ich ein-

geschüchtert «ja» und will nur noch rasch die Schuhe wechseln. Aber nein: «Die gehen schon – wir sind in einer Stunde wieder zurück!»
Und dann marschiert ein harmloses Grüppchen ins Elend.
Ich weiss nicht, wer auf die gottlose Idee kam, den Strassenasphalt zu verlassen. Vermutlich war's Esther. Sie trug keuschweisses Linnen, Strohhütchen, schleierhafte Knöchelsöckchen und auch sonst den Outfit von Königin Victorias Garten-Robe. Spätestens nachdem das zwölfte Sonntagsauto an uns vorbeigepufft war, wurde Keuschweisses zu Elefantengrau. Und Esther muff: «Gibt es keinen andern Weg?»
Hier überfiel mich die erste panische Vorahnung: «Lasst uns nicht von der Strasse abgehen...!»
Ich kannte das. Mit Lehrer Bethke sind wir so einmal stundenlang vor dem Gempenturm im Wald herumgeirrt. Nur weil er (der Bethke) auf einer Abkürzung bestand. Und nun: «Doch – es gibt einen netten Waldweg...!»
Zehn Minuten später waren wir schon mittendrauf. Und mittendrin im Schlamassel. Die beiden Militärgedienten drehten die Karte wild hin und her (also, irgendwo muss da doch eine Lichtung sein... ist dies der Weg?... nein, wir marschieren auf einer Höhenkurve und...»).
Es ist geradezu unglaublich, wie gross Wälder sein können. «Dort kommen wir irgendwo raus!» wur-

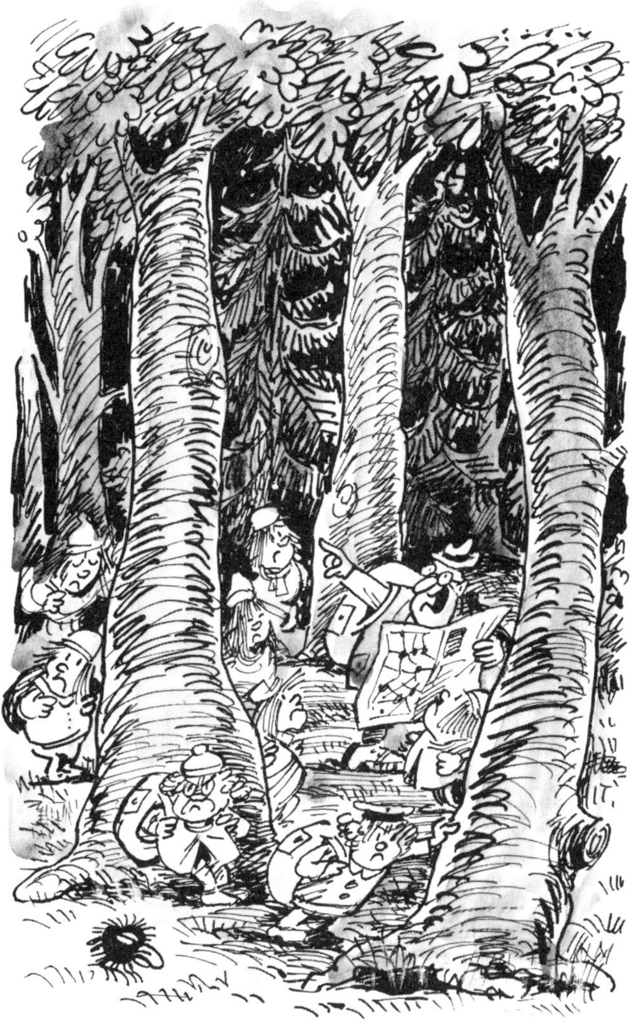

den wir vom Führer aufgemuntert. «Zeig mal die Karte!» Aber die war irgendwo liegengeblieben. Und das Chaos somit perfekt.

Auf wunderbare Weise lösten sich nun meine zarten Kalbsleder-Schuhe in ihre einzelnen Bestandteile auf. In solchen Momenten lernt man die ungetrübten Pantoffel-Stunden vor der Fernsehkiste schätzen. «Dort ist eine Waldlichtung», schrie unser militanter Rambo hysterisch. Es galt lediglich noch einen Fluss und zwei Brennesselbeete zu überqueren. Dann waren wir nach sechs Stunden Dschungel «draussen».

«Dort hinten ist eine Beiz», jauchzte Esther. Doch als wir vor der Türe standen, hing da ein Plakat: «An Sonn- und Feiertagen geschlossen.»

Der Mond leuchtete bereits hoch am Himmel, als wir wieder den Asphalt erreichten. Nun hatten wir die Strasse für uns. Kein Auto weit und breit, das uns hätte mitnehmen können – nur ein kleines Häufchen Verirrter, die geblatert und verdornt heimwärts wankten. Endlich tauchte in der Ferne schwarz und wuchtig ein Klotz auf: «Aha – das ist die Kirche von unserem Dorf», freute sich Hansi. «Zuerst holen wir Bier aus dem Keller…»

Als wir näher kamen, sah ich's dann sofort: Wir waren in die falsche Richtung marschiert. «Das ist Schloss Angenstein», erklärte ich. Gelernt ist gelernt.

Verschobene Waldameisen

Natürlich wäre jetzt hier der längst versprochene Artikel über die Langzeitwirkung von Ameisensäure bei einem Freiland-Picknick fällig.
Wäre!
Aber denkste! Nichts als Mais mit den Ameisen (sie sollten eigentlich Amaisen heissen). Erstens sind sie zurzeit gänzlich von meinem Sonnenbalkon verschwunden. Und nicht einmal unter der gefrorenen Erde des (bereits mit einem Hauch Grün übergossenen) Forsythien-Strauches aufzutreiben (auch mit dem von ihnen so heiss geliebten Griess-Zucker nicht).
Zweitens: *Medaillen!* Jawohl meine Lieben – *Medaillen!* In diesen Tagen, wo es uns das Gold nur so um die Schweizer Birnen bängelt, vergisst jeder von uns die Ameisensäure. Da baden wir in anderem. Tauchen ein in Nationalstolz und Landeshymnen-Rhythmen. Schauen selbst frühmorgens im Arbeiter-Tram mit wohlwollendem Lächeln auf den Türken, der da in die Fabrik geschaukelt wird: «Armer Osmon – wo ist das Türkenteam bei der Abfahrt geblieben?!» Und sollte uns gar zufällig noch ein Österreicher über den Weg laufen… also, dann ist der Tag gerettet. Denen geben wir die Lederhosen voll, dass es nur so kracht – die bekommen Krachledernen!
Magisch, immer kurz nach der Znünipause, zie-

hen uns die Töne der Eurovision vor die Mattscheibe. Schon posaunen sie von neuen Taten. Und selbst Linda kickt beim ersten Trompetenstoss bereits geistesabwesend mit der Zehe auf den Aus-Schalter des ansonsten stets heulenden «Hoovers», schnappt sich die Erdnussschale mit den Zartgesalzenen und schlurft fast schon somnambul ins Fernsehzimmerchen, wo der Reporter bereits mit eidgenössischen Superlativen geschwängert darauf wartet, am Mikrophon überschäumen zu dürfen, wie die Milch auf Herdstufe «sehr heiss».

Herrgöttlein nochmals, wie tun unsern ohnehin angeschlagenen Selbstwertgefühlen solche Meldungen gut: Gold hie... Gold da... Gold trallala; Kennst du das Land, wo die Medaillen blühn? – Nein. Österreich ist es nicht...

Wehe, wenn die Fernsehmacher mich um die Tränen bringen, die da wie schwere Erdklumpen in meinem Hals lossteigen und dann losspritzen, wenn Pirmin oder Maria (Maria! Maria! Maria!) auf dem Treppchen stehen (die Fahnen im saubern Bergwind über ihnen wehend). Da ist mein Herze voll. Und die Fingernägel ab.

Und wenn da gar noch der Herr Reporter die Goldmaria vor den Schaumgummi-Ball holt: «Was fühlen Sie?» Und diese in den Schaumgummi-Ball haucht: «... so glücklich... so unbeschreiblich glücklich!» Wenn dabei die Bankver-

einschlüsselchen funklen, Adidas vom Handgelenk aufblitzt, Ovomaltine vom Busen und Subaru am Brillenrand blinkt – ja, dann möchte ich in den Chor der pfeifenden Walliser-Meute einstimmen: «So ein Tag, so wunderschöön...»
Zurück zu den Waldameisen – sie hassen den Schnee und sind im Sommer doch wieder da. Wenn man bedenkt, dass...
Verzeihung! Sie hornen, trompeten und posaunen wieder. Linda hat bereits den Staubsauger abgestellt.
Wir möchten Sie darauf hinweisen, dass das Programm über die biologische Säure der Waldameise aus aktuellem Anlass verschoben werden muss...

Nacktes Grausen

Es gibt solche. Und es gibt solche.
Da sind zum Beispiel Leute, die tragen zu Hause Pantoffeln. Hausjacken. Und ein Pfeifchen im Mund.
Ich: nichts von alledem. Weder noch. Wenn's hoch kommt, ein Höschen. In der neuen «Boxer-Form».
«Du immer laufen so Nackiges herum!» wettert Linda und reibt den Gummibaum ab. «Ist höchst Unanständiges, weil Frau Zirngibel immer auf Terrasse mit Fernsicht vor Augen...»
«Fernglas vor Augen», korrigiere ich.
«... mit Fernsicht und dann grosses Diskussioniges in Konsum und Schweinigliges... sagen: du dickes, fettes Pumpel und nacktes Grausen...»
Linda steigert sich in Genervtes, dass sie vor lauter Ärger ein Gummiblatt zu Tode reibt...
«Einmal du geraten mit Nackedeitun in teufliges Küche...», unkt sie. Und killt auch noch ein zweites Blatt.
Die Teufelsküche kam an einem Sonntagmorgen. Ich war alleine zu Hause. Hopselte nackt und froh in der Wohnung herum. Und hoffte, Frau Zirngibel habe die richtige Schärfe eingestellt.
Ich wollte eben noch einen Kurz-Artikel zum modischen Thema «Uhr am Ohr» in die Tasten jagen, als mir einfiel: Notizen!

Natürlich hatte ich die Unterlagen im Auto vergessen... Ich packte ein Badetüchlein, suchte meine Hüften und wickelte es dorthin, wo ich sie vermutete.

Dann ab in die Garage und – wummms! Ich hörte eben noch die Türe zuschlagen.

Da stand ich. Kaum betucht. Und rausgeschlossen. Die Kirchenglocken begannen eben zu bambeln.

Was tut nun jemand, der lediglich mit einem etwas zu kurzen Badetüchlein («oder zu dickem Ranzen» – der Setzer) bedeckt, vor gelben Gartentulpen steht. Und nicht mehr ins Haus kann!

Ich klingelte zuerst einmal die andern drei Mietparteien ab. Aber ich wusste schon vorher: alles ausgeflogen.

Gottlob steht kaum 50 Meter von unserer Haustüre entfernt eine Telefonkabine. Ich wollte eben darauf zuspurten, als mir einfiel: Geld. Ich hatte ja keinen Rappen, geschweige denn 40 zum Telefonieren. Da schickte der liebe Gott, weil's halt Sonntag war, eben einen Jogger vorbei. Keuchend. Mit Stirnband, das den ganzen Geist zusammenhält. Schwitzend. Und stur geradeaus starrend.

«Hallo!» winkte ich mit der Linken. Und hielt rechts das Tüchlein. «Hallo?!» – könnten Sie mal...»

Da fiel der Jogger zünftig aus dem Schritt. Stiess

einen Schrei aus. Und jagte davon, dass man ihn ins Olympia-Kader aufgenommen hätte...

Mittlerweile machte mich Burgers Struppi an, dieser saudumme Kläffer mit der schrillen, hohen Bellstimme.

Und wie ich nun beim Nachbarhaus hochschaue und Frau Huber entdecke, wie sie hinter dem Vorhang hervor gneisst, wie ich ihr mit meinem Badetüchlein also entgegen winke, da – wummmms! – lässt sie die Storen runter. Und so etwas ist in der Heilsarmee.

Der Zu- wie Umstand war desolat: kläffender Pinscher... erstaunte Nachbarn, die von den Fensterbänken hingen... Kirchenglocken... und ich, der sich erstmals seiner Nacktheit bewusst war, wie damals, als Eva und Adam und der Apfel und Sie wissen schon...

In dieses Chaos mischte sich nun auch noch das Blaulicht des herbeigekurvten Polizeiwagens. Schon hüpften sie aus der Kutsche. Zückten die Handschellen. Und redeten auf mich ein: «Nur keine Dummheiten... es passiert Ihnen nichts... wir gehen jetzt rasch zum Onkel Doktor, der wird Ihnen eine Einspritzung machen... und dann ist alles wieder gut... und!»

«Ich will keine Spritze. Ich will meinen Hausschlüssel!» brüllte ich.

Gottlob kam da die Zirngibel: «Jehhh, Herr -minu. Also da schau' ich rein zufällig mit meinem

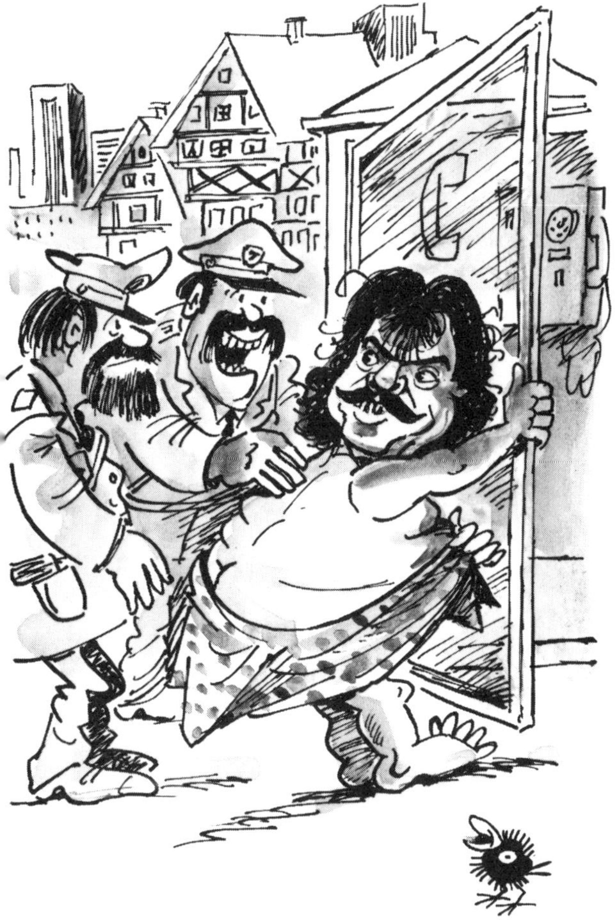

Feldstecher zu Ihnen rüber und sehe die Bescherung... sicher können Sie nicht ins Haus?...
Die Frau war ein Engel. Über die Zirngibel lasse ich nichts... die darf zünftig linsen, soviel sie will...
«Nichts für ungut!» brummten die Polizisten. «Wir rufen gleich mal unseren Schlüsseldienst an... aber Sie müssen zugeben: Ihr Auftritt ist etwas merkwürdig. Zu Hause trägt man doch zumindest Pantoffeln. Und eine Hausjacke. Und...»
Es gibt solche. Und es gibt solche.

Der Farbton

Es ist soweit: Ich bin heller geworden. Über Nacht, quasi. Andere schaffen's überhaupt nie. Bei mir hat die Natur Wunder gewirkt.
Wir liegen also am Strand. Lassen die Sonne aufs Haupt prägeln. Und schon passiert's: «E biondo... è biondo!» ruft Marisa, die Zimmerfrau entzückt. Denn die Sonne hat mir den Simpelfransenteil meiner Haare gebleicht. Ich sehe aus wie ein Hermelin in der Mauser (sofern ein Hermelin je in die Mauser kommt).
Nun ist der Mensch mit dem, was ihm die Natur natürlich beschert, nie zufrieden. Siehe Eva und den Apfelbaum. Siehe Lucullus und den Wimpy-Burger.
Wir gehen also zu unserem Barbiere. Zeigen auf die hellen Simpelfransen. Und wollen etwas, das Hell rauszwingt. Und Dunkel wieder rein. Oder anders: zurück zur Natur!
Nun macht man mit diesem grünen Wahlschlager in Rom keinen schwarzen Figaro munter. Er lässt mein Haar durch die Finger gleiten. Murmelt abrakadabra. Und erklärt, die Sonne hätte diesem Teil der Haare geschadet. Er würde sie mit einer Spülung wieder festigen.
Dann greift er zu einem Würfel. Auf dem Würfel grinst vielversprechend ein Schwan. «Cigno» – heisst das Produkt. Und wird mir nun zusammen

mit den neusten Fussballresultaten von Napoli in die Locken massiert.
Die Kopfhaut brennt – ich ahne Schreckliches. Man gibt mir noch eine letzte Ölung – und schon kommt das Haupt unter die Haube.
«Ecco!» – strahlt der Figaro nach zehn Minuten, «ecco!» Und jetzt weiss ich auch, weshalb der Schwan auf dem Würfel so grinst. Meine Fransen sind so stark errötet, dass die Rote Zora daneben ein blasses Gänselieschen ist.
«E rosso... è rosso», freut sich jetzt Marisa, die Zimmerfrau. Und schlägt die Hände über dem Kopf zusammen.
Spät abends werde ich dann bei der Festa dell'Unità zur rötesten Rübe der Sektion Lazio gewählt. Das reicht. Ich nehme den Schleier. Verhülle mich. Und hoffe, die Zeit werde dunkles Gras über die rote Sache wachsen lassen...
Nur einmal noch habe ich mein Haupt enthüllt. Unser Verlegerpaar besuchte mich in Rom. Sah die Bescherung. Schwieg aber vornehm. Liess sich lediglich zur Bemerkung hinreissen: «In Ihrem Hotel ist es sicher etwas feucht?»
In Basel nun werde ich auf Schritt und Tritt angehalten: «Jerum. Was hast du mit deinen Haaren gemacht? Wie bekommt man eine solche Farbe? Ist das jetzt der Pavian-Look?» Ich sage nichts. Ich leide nur. Und denke an den Schwan, der grinste.

Nun habe ich gestern die Post sortiert. Sie war vollgestopft mit Politischem. Mit Wahlversprechungen und -versprechern. Ja, es scheint, als würden es die Kandidaten praktizieren wie mein Figaro in Rom: Sie greifen zum Schächtelchen. Und färben sich die Sprüche nach den modischen Tönen ein.
Etwas Gutes hatte die Sache allerdings – als ich mit dem Propaganda-Berg zu Ende und meinerseits fix und fertig war, schaute ich in den Spiegel. Die Haare sind grau geworden. Und die Politiker grinsen exakt wie das Römer Würfel-Schwänchen, das mir auch falsche Versprechungen gemacht hat...

Liebesnacht in Verona

Tante Gertrude schiesst einen vorwurfsvollen Seitenblick auf Vater: «Ich will ja nicht petzen – aber dein Vater gibt dem Hund stets zwischendurch...»
Zwei Minuten später flüstert eben dieser Vater im Verschwörerton: «Du darfst es ihr nicht sagen – aber sie stopft ihn ununterbrochen mit Schokoladenkekschen voll.» Das Resultat ist ein Dackel, der aussieht wie eine Blutwurst kurz vor der Explosion.
Für eben solche Blutwurst suchten wir ein Hotelzimmer in Verona: «Nehmen Sie Hunde?»
Der Concierge runzelt fünfsternig die Stirn: «Wir nehmen prinzipiell keine Hunde – aber falls er wirklich so klein ist, wie Sie sagen. Und so ruhig – da wollen wir mal eine Ausnahme machen – Ohhh! Was ist denn das?!»
Das war Zwirbel. Tante Getrude konnte ihn nicht mehr an der Leine halten. Und Zwirbel sich selber auch nicht mehr. Als er nämlich das schwarze Frackhosen-Bein des Chef-Concierges witterte, umklammerte er es mit einem seligen Seufzer. Und zuckelte drauflos.
Zwirbel zuckelt immer. Frack-Beine jedoch sind seine Spezialität. Tante Getrude, tomatenrot und mit hysterischem Gekicher, redet auf die Blutwurst, die nun bereits geniesserisch die Augen verdreht, ein:

«Aufhören. Sofort? Zwirbel – was soll auch der liebe Mann von dir denken...?»

Dem lieben Mann ist das Denken längst vergangen. Er steht da. Stur, starr und stumm schaut er auf sein Hosenbein, das in rhythmischen Bewegungen traktiert wird.

«Scusi», versucht's Tante Gertrude mit Charme, «aber Sie sind ihm so sympathisch. Das macht er sonst nämlich nicht und...»

Gelogen! Das macht er immer und überall. Tante Gertrude weiss das ganz genau. «Wie der Herr, so 's Gscherr», hat sie immer wieder ähnliche Zukkelmomente mit Seitenhieb auf Vater kommentiert.

Endlich ist das Bein befreit – «Camera 669», flüstert der Concierge kreidebleich. Zwirbel wirft ihm einen letzten, langen Blick zu. Dann lüpft er sein Bein an der Theke. Nun ist unser Hund ansonsten wirklich die Ruhe selber. Doch in der Zukkelphase stets leicht gereizt. Dummerweise hat man uns das Zimmer neben dem Lift gegeben. So geschah es auch, dass Zwirbel beim ersten Lift-Surren ungnädig zu knurren anfing. Sofort warfen wir uns stereo auf ihn: «Psssst! Braver Bubi sein!» Aber da bellte er auch schon drauflos. Giftig. Mit der typisch nervigen «Geitsche» des überfressenen Dackels.

Das Hotel war äusserst gut besetzt. Der Lift surrte zum letzten Mal um halb drei Uhr morgens.

«Wufff...» ging's da wieder los. Da klingelte auch schon das Telefon: die Direktion bedaure sehr...
Als wir um drei Uhr morgens die Reception aufsuchten, streckte uns der Concierge stumm die Rechnung hin: 1 Übernachtung in der Suite 669, 1 chem. Reinigung einer Frackhose...»
Tante Gertrude rümpfte die Nase: «Das ist hier kein Hotel. Das ist ein Bahnhof – kein Wunder, dass unser Hund nicht schlafen konnte!»
«Sehr wohl», sagte der Concierge. Zwirbel wollte ihm zum Abschied nochmals ans Bein – doch: «Lass das!» befahl die Tante, «dieses Stockfischbein ist Deiner nicht würdig!»
Sie zog Zwirbel wie einen Staubsauger über den polierten Marmorboden. Der Hund schoss einen wehmütigen Blick in Richtung Beinkleid.
«Na, mach nicht so eine trübe Birne!» nervte sich die Tante. Und knübelte in einem Papiersack nach Schokoladenkekschen.
Zwirbel lehnte die Bestechung mit glasigem Blick ab. So verliessen wir Verona – diese Stadt, wo schon Romeo seine Julia nicht haben konnte...

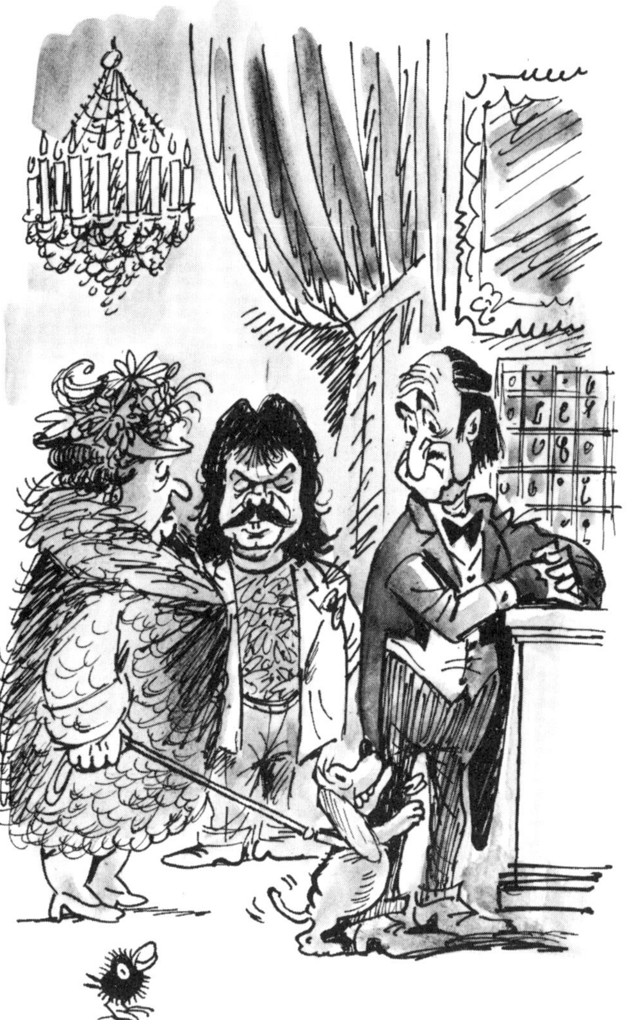

Sturer Autodeckel

Von Autos kapier' ich nichts. Ich weiss nur, dass sie einen Bauch haben. Und im Bauch stecken Eingeweide – doch nur für Eingeweihte. Mit autogenem Training. Überdies kenne ich das technische Loch, wo der Tiger rein muss. Der Rest ist Zuversicht.
In Italien ist das anders. Dort lernen die Kinder zuerst das Hydraulik-System des Fiats auswendig. Dann den Rosenkranz. So fahren sie bequem durchs Leben.
Ich nicht. Ich kurve stets mit nervösem Seitenblick auf diese Glühbirnchen, die Gefahr ankünden. «Wenn das Lämpchen glüht, Herr -minu: anhalten. Abschalten. Und in Deckung gehen – hoho!»
Haha! Das war mein Garagist Brodtbeck. Der hat gut lachen. Der kennt sich in den Gedärmen meiner Kiste aus. Er wühlt darin, wie Lorenzo im Spaghetti-Teller. Und schon brummt der Magen wieder – und die Karre fährt.
Nun bin ich kürzlich auch wieder leichten Portemonnaies und schweren Herzens von Rom in Richtung Helvetien heimgegondelt. Und wollte kurz vor Sesto C. noch tanken. Welch Glück – keine Autoseele an der Tankstelle. Nur mein grünes «Tümpelchen». Und etwa drei halbwüchsige Kinder darum herum: «È arrivato... è arrivato!» brüllten sie. Und würgten die Schraube vom Tank.

Schliesslich schlurfte der Vater an: «Olio?» «Nur extra vergine», strahlte ich. «Ansonsten ist alles in Ordnung!»
Der Mann machte leicht zweifelnde Augen: «Öffnen Sie mal die Motorhaube...»
Der Ton verlangte keine Widerrede. Nun kann man ja jedem Autofahrer, der einigermassen Grün- von Rotlicht unterscheiden kann, solche Befehle geben. Mir auch. Nur weiss ich nicht, wo man den Motorendeckel öffnet. Und einen Büchsenöffner habe ich auch nie bei mir.
«Wo ist der Hebel?», knurrt nun der Tankmann ungehalten. Sein Tankhund knurrt mit. Und die Kinder schreien begeistert ob so viel Dummheit: «... non lo sa... non lo sa.»
Ich beginne zu schwitzen. Ziehe an allen irgendwelchen Knäufen. Mein «Tümpelchen» beginnt zu spritzen... zu scheibenwischern... zu hupen. Aber dieser verdammte Deckel ist stur wie ein Dackel. Er bleibt schmallippig verschlossen, wie Tante Martha, wenn sie sich jeweils bei ihrer Schwiegermutter entschuldigen sollte.
Der Tankmann hievt nun ans Steuer, drückt irgend etwas und – pflopf – schon zeigt Tümpeli seine Innereien. Der Blick des Mannes ist Verachtung für mich – und Erstaunen für das Innenleben meiner Blechkiste: «Haben Sie nicht gemerkt, dass es im Inneren des Wagens nach Benzin stinkt, Signore?»

Nein. Das habe ich nicht. Aber Frau Arioli hat mir einen Ziegenkäse aus den Abruzzen eingepackt und der hat während meiner ganzen Fahrt sämtliche übrigen Duftnoten klar dominiert.

«Der Filter ist kaputt!», erklärt der Garage-Mann. «Da muss ein neuer rein. Und wenn wir schon dabei sind: das Auspuffrohr ist total verstopft. Das muss man entrussen. Wie steht's übrigens mit den Kerzen!»

Wie soll ich wissen, wie's um meine Kerzen steht? Bin ich der heilige Antonius? – Na also!

Gegen Mitternacht war die Reparatur dann fertig. Mit dem Honorar hätte ich erster Klasse von Rom nach Basel fliegen können – Herr Brodtbeck bekam einen Lachanfall, als er sich das «Tümpeli» genauer anschaute: «Die haben Sie aber schön beschummelt, Herr -minu. Haben einen alten Auspuff ein und unseren neuen ausgebaut. Der Luftfilter ist übrigens auch nicht gewechselt... nun ja, ein alter Trick. Die sehen halt sofort, bei wem sie es machen können...»

Typisch! Grosse Reden – aber mir hat bis heute noch niemand gesagt, wo man den Deckel zu allem Übel öffnen kann!

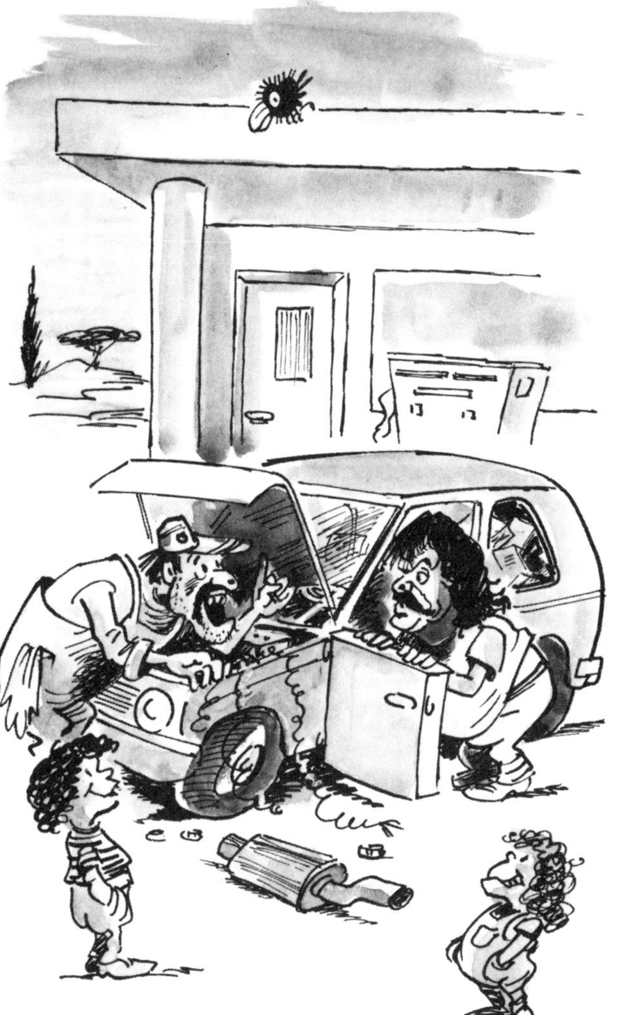

Schusstag

Sie kennen Amor? Der mit Pfeil und Bogen?
Er arbeitet beim Standesamt im Aussendienst und ist ansonsten ein netter Kerl.
Wenn Amor schiesst – dann: klingelingeling. Hochzeitsglocken. Und Nuggihus.
Seit Amor nun mit Computer-Partnerwahl und Laser-Pistole statt Pfeilbogen arbeitet, geht die Sache schief. Der Gute verschiesst sich. Bei mir ballert er stehts oberhalb der Gesässbacken herum. Das Resultat ist kein Liebeskuss. Sondern Hexenschuss. Amor soll die Gebrauchsanweisungen besser studieren.
Wumms! – Vorgestern war wieder Schusstag. Mit einem einzigen Treffer hat man aus einem aufrechten Staatsmann einen gebeugten Menschen gemacht. Ich wandle auf krummer Tour. Schleiche am Stock wie ein schwangeres Komma durch die Gassen. Und errege im öffentlichen Verkehrsmittel – vulgo: Öfau – bei einer liebenswürdigen Mutter derart Mitleid, dass die ihr kleines Mädchen ansuttert: «Hopp? Steh auf – siehst du nicht, dass der arme Alte nicht mehr laufen kann!» Dann drückt sie mir in verschämter Geste einen Zweifränkler in die Hand: «Für einen Kaffi Schnaps, lieber Mann...»
Mein Apotheker ist weniger feinfühlig. Er heisst Herr Müller und ist soweit entschuldigt: «Höhö!

Wer kommt denn da? Der Glöckner von Notre Dame oder das schwangere Be-Hörnchen... höhö!»
Sehr witzig.
Herr Müller reibt geschäftstüchtig seine Hände: «Zäpfchen oder Pillen?»
Bei Zäpfchen überfällt mich das kalte Grausen unangenehm. Aber man fühlt sich danach stets wie eine frisch geschmierte Türangel...
«Ich will irgendetwas, das hitzt. Es gibt doch so Pflaster. Oder Bäder? Oder – also bin ich hier der Apotheker oder Sie?»
«Habe ich hier den Hexenschuss oder Sie?», kontert Herr Müller. Und verkauft mir ein Wärmekissen auf Stufen-Hitze-Basis. Nachts schlafe ich auf Stufe III ein. Morgens erwache ich «à point» – meine Haut ist weg. Dafür ist der Hexenschuss noch da.
Die öffentliche Beachtung, die ein Hexengeschusster erzielt, ist frappant. Alle drei Schritte wird man angehalten: «Suchen Sie etwas am Boden? Haben Sie etwas verloren?»
Und die vielen Kunstkenner, welche nun unsere Stadt heimsuchen, bleiben erfreut stehen: «Oh – die erste ART-Performance: krumme Linie mit Kugelbauch. Der surrealistische Einfluss ist unverkennbar...»
Weniger nett sind dann die Leute, welche bei unserm gebeugten Anblick ihren Kindern gedanken-

los die Geschichte vom «Hängebauchschweinchen» zu erzählen beginnen – wie gesagt: Es ist nicht nur der Hexenschuss, der peinigt…

Herr Haegeli, mein Arzt, wollte dem Ganzen sofort ein Ende machen – nicht ohne vorher ein paar erzieherische wertvolle Töne abzuschiessen: «Ja, ja… wir sind halt ein bisschen schwer, Herr -minu. Wenn wir etwas ranker wären, hätte die böse Hexe nicht eine so breite Zielscheibe – haha!»

Apotheker und Ärzte kommen punkto Witz so ziemlich aus demselben Mörser…

Herr Haegeli möchte mich nun um- und gerade bauen. Er hat dies einmal in einem Kurs gelernt: «Ich drücke Ihnen die Hinterseite nach unten und die Bauchseite noch oben – dann kehre ich sie. Und alles ist in Ordnung. Bitte liegen sie flach.»

Das tat ich. Herr Haegeli knetete und lüpfte an mir herum, als wäre ich Frachtgut. Dann lag er flach. Denn es ist gewiss leichter die «Titanic» zu heben, als unsereins ins richtige Lot zu bringen.

«Ufff!» stöhnte der Arzt. Dann ging er nochmals ran. Und «wummmms!» – diesmal war er an der Reihe. «Hexenschuss», jammerte er. «Und das *mir*!»

Daraufhin habe ich ihm das Heizkissen mit der Dreistufen-Schaltung verkauft.

Filmabend mit Familie

Kürzlich hat Vater angerufen: «Ich räume. Da sind noch Filmspulen. Wollen wir einen Filmabend machen…?»
Die Familie kam zusammen. Sass um die Erdnuss-Schalen. Und freute sich über Vater, der sich mit dem Einfädeln der Vergangenheit abmühte.
«Diese Filme sind eben gut 30 Jahre alt. Vielleicht noch älter. Man muss achtgeben, sonst bricht der Streifen…»
Dann Kommando: «Licht aus!» Und das Rattern der alten «Eumig»…
Plötzlich Stille. Nur das Zischen der Spule. Der Apparat schüttet uns Erinnerungen in Kleinformat auf die Leinwand.
Da ist «die Sonntagsfahrt»: Grossmutter – Tellerhütchen mit zitterndem Schleiergitter – steigt aus dem Auto. Winkt huldvoll. Und hat auch schon den Hund zwischen den Beinen – Szenenwechsel.
Die Familie schleppt Picknick-Tisch und Picknick-Körbe an. Zwischenruf von Tante Gertrude: «Den Esskorb haben wir fortgeworfen – was man heute für den bekäme! Ich hab' ja immer gesagt…»
Und «Ruhe!» ruft Vater.
Die Eumig hat das Wort.
Die Bewegungen auf der Leinwand sind hastig, das Licht dunkel – Erinnerungen hell. Wir beigen

Äste zu einem Feuerturm zusammen. Schon züngeln die Flammen – und die Klöpfer spreizen ihre Beine im Zeitraffer.

«Als wir noch Klöpfer brätelten...», seufzt Tante Getrude in die Runde. «Heute hocken wir jeden Sonntag vor der Kiste und...»

«Ruhe!» brüllt Vater. Und Grossmutter zuckelt ganz Königin Mutter über die Weide – fünf aneinandergereihte Nerztiere mit Glasknopfaugen als Stola um die Schulter drapiert. Geziert lüpft sie das Hut-Schleierchen, versucht in die fettfunkelnde, heisste Wurst zu beissen, schnappt dreimal danach wie ein Fisch nach Luft – dann Szenenwechsel. Wir sind in Venedig. Und Mutter bei den Tauben.

«Das Kleid hat sie sich doch bei Madame Turène machen lassen...», verkündet Tante Gertrude. «Sie war zwar immer etwas teurer als die andern, aber man sieht eben doch...»

«Ruhe!» brüllt Vater.

Und Mutter lächelt uns entgegen, winkt in die Linse – dann: dlack! Dunkel. Und weisser Lichtfleck auf der Kamera: Es hat den Celluloid zerrissen.

«Licht!» sagt Tante Getrude. Plötzlich sitzt die Familie wortlos da – einige mit roten Augen.

Vater macht sich an den Filmspulen zu schaffen: «Gerissen. Das Material ist spröde, ist heikel geworden – wie wir auch.»

«Mag jemand ein Bier?» trompetet nun Tante Gertrude in die Runde.

«... vielleicht kann man ihn kleben?» sinniert Vater.

Kleben? – Man kann Erinnerungen nicht leimen.

Arsenik im Kuchen

Hier, in Adelboden, sagt kein Mensch «-minu».
Sie sagen auch nicht «Trudy». Oder «Emil». Sie sagen überhaupt nichts. Sie singen. Denn die Adelbodner haben einen feinen Oberländer-Singsang, dem griechischen Klagelied nicht unähnlich, näselnd, und in der Melodie stets abfallend.

Wenn ich also beim Bahnhof mit dem Zweistöcker ankurve und Pieren Josephs Nöldi mein Gepäck aus dem Netz fischt, blinzelt es ('s Nöldi) wild unter seinen buschigen Augenbrauen hervor, setzt den Ton beim dreigestrichenen g an und lässt los: «Ejhhh – dasch myn Düüris Hammel Hausis Hausibääter...»

Man ist hier nicht einfach: der. Man ist stets der Sohn/die Tochter von: dem. Und somit ein: es. Die klare Sachlichkeit steht hier für Sympathie.

Hammel Hausis Hausibääter schnappt sich also das Gepäck. Nimmt den «Davoser», den die Tante in der Bahnhofshalle deponiert hat und schlittelt in den «Boden», wo Meyer-Müllers Trudy (vulgo: Tante Gertrude) bereits mit Kaffee und Dorfklatsch wartet.

Vor zehn Jahren hat sich meine Tante entschlossen, ihr Wohndomizil nach Adelboden zu verlegen. Seither singt auch sie. Und startet die Sätze beim Dreigestrichenen: «Eijjhh – bisch scho daa?

Dasch gäbig. Chumm drinkch es Chacheli…»
Mittlerweile schaut Oster Annas Göpfi (Gottfried) herein: «Mer hei ghöört, du well-isch es Schutzeli blybe… da isch d Nydle.»

Ich verstehe Bahnhof. Und es (das Göpfi/Gottfriedli) klopft mit dem Kennerblick des Viehhändlers meine Weichteile ab: «Hesch gfäässet – chunsch de öbbe üserni Schwyndleni z schoue…»

Ich blinzle unsicher zur Tante. Die geniesst's: «Du seist elend fett geworden und sollst bei seinen Schweinen hereinschauen…»

Seltsam. Mit Annas Göpfis Singsang tönt selbst Unflätiges geradezu reizend…

Am Abend hocke ich am kleinen Stubenfenster, geniesse die Stille. Beneide meine Tante, die da ein Leben lang stresslos bei diesen Singsang-Bergleuten sein darf: «Ist es nicht ein Geschenk mit solchen Menschen zu leben, die noch echte tiefe Gefühle zeigen können. Naturburschen mit urchigen Lauten, die keiner versteht und…»

«Die du nicht verstehst», lächelt meine Tante, «anfangs war ich auch ganz weg von den melodischen Sätzen. Habe kein Wort kapiert. Und das waren die schönsten Monate. Mit der Zeit bekommst du mit, was sie meinen. Und merkst, dass es nicht anders ist, als das, was wir mit unserem stechenden, arroganten Dialekt auch sagen. Nur tönt auch Bitterböses bei den Oberländern irgendwie samtener, weicher, ist lüpfiger vertont – es ist,

als ob man Arsenik in Schokoladenkuchen eingebacken serviert. Kapiert?»
Hab' ich nicht. Aber für Fragen ist es zu spät – denn bereits rauscht Käthy Mettlers Therese in das Stübchen. Und zeigt zu den Bergen, wo eine graue Suppe um die Gipfel weht: «S will de ebbe leede...»
«Will was?»
«Schlechtes Wetter», übersetzt die Tante geistesabwesend. Und zählt die Strickmaschen.
Mettlers Therese unterstreicht die Aussage mit einem energischen Blick zum Barometer: «Es will umhi chalte und schnyyje...» «wird kälter mit Schnee», brummt die Tante und nimmt seufzend eine Fallmasche auf.
Dann erst schaut Mettlers Therese entgeistert an mir rauf und runter: «Ejhhh – die erschti Louwene isch myntroscht grad scho ahi choo...»
Tante Gertrud unterbricht etwas verunsichert ihre Strickarbeit: «‹Louwene› sagen sie hier für Lawine. Soll ich...»
«Danke», winke ich gereizt ab, «ich habe jetzt das Arsenik im Kuchen kapiert...»

Der Winter heisst Erika

Manchmal überkommt's mich. Ich hüpfe in die Karre. Und zuckle zum Friedhof.
Auf geradem Weg wird man zu den Toten geführt. Ich geniesse die Stille, diese sanfte Traurigkeit, die mit dem Nebelschleier über Grab und Gesichter fällt.
Manchmal nickt einem jemand zu – fast abweisend: «Guten Tag.» Oft aber gehen die dunklen Gestalten wortlos an einem vorbei – Gespenster in Tauermänteln. Im stillen Zwiegespräch mit ihren Dahingegangenen.
Ich mag Friedhöfe im November. Irgendwie stimmt jetzt das Bild. Die frohen Sommer-Farben, die lustigen Gesichter der Stiefmütterchen sind verschwunden – gottlob. Ich empfinde sie als unpassend. Der Tod trägt keinen Farbenmantel. Sondern ein graues Regentuch – vollgespickt mit Perlen.
Auf den Gräbern blühen nun Erikas. Weit und breit. Der Friedhof ist ein Farbenmeer von violettauberginefarbenen Flammen. Kein Grab ohne Erika, keine Schale ohne das Heidekraut – für Leute, die etwas gegen Erikas haben, ist das die reinste Erikakatastrophe.
Für mich ist es eine. Denn ich kann nicht nur den Stiefmütterchen-Segen nicht ausstehen. Ich mag auch diese rötliche Struppelheidepflanze nicht. Sie

ist für mich der in Töpfe eingepflanzte Inbegriff von dürr. Und tot.

Eigentlich würde ich viel lieber lachsfarbene Rosen und schwefelgelbe Mimosen auf den Gräbern sehen. Die Blumenverkäuferin, im grossen Laden vor dem Haupteingang zu den Toten, sieht bei meinem Ansinnen jedoch erikarot. Sie zuckt entschuldigend die Achseln: «Aber lieber Herr – der Winter heisst Erika. Die werden doch eigens für die Gräber gezüchtet. Erikas sind so grossartig resistent. Im Sommer dürfen Sie dann wieder die farbenprächtigen Stiefmütterchen...»

Vielen Dank! Da hock' ich nun. Und erinnere mich an meine Mutter, der jedesmal die Nase spitz wurde, wenn Grossmutter (Vaterseite) an einem Sonntag nach dem Mittagessen mit drei Erika-Stöckchen in Richtung Gräber loszog: «Erika – das ist so geschmacklos. Als ob es nichts anderes gäbe...»

Es gibt aber nichts anderes – und die Dame in den Erikastöckchen gibt sich einen Ruck: «Wir haben natürlich die ersten Tannenkissen. Sie sind mit Christrosen besteckt – allerdings aus Plastik. Denn erstens werden die Blüten von den Hasen gefressen. Und zweitens halten sie sowieso keine zwei Tage. Bei Erika ist das anders...»

Klar – da schlägt selbst der hungrigste Hase einen Bogen darum.

Immerhin – da sind noch ein paar Astern-Stöck-

chen und die vollblütigen Chrysanthemen. Aber nein: «… davon würde ich Ihnen fürs Grab abraten. Die Saison ist vorbei. Wir haben Winter, mein Herr – und Winterzeit heisst Erika!»
Ich will und kann meiner Mutter kein Erikastöckchen mitbringen. Ich weiss, dass sie dies ganz und gar nicht schätzen würde. Aber die Alternative ist Plastik. Und darauf reagierte sie stets allergisch.
«Sie können ja nur einen Tannenast drauflegen», rümpft die Blumenfrau nun die Nase. Und misst mich von oben bis unten. «Es ist sowieso Zeit, dass man die Gräber mit Ästen abdeckt…»
Ich spaziere also durch das flammende Erika-Meer zum Familiengrab. Jemand hat auch bei uns eine Erika-Schale hingestellt. Damit gehören wir dazu – zur grossen Erika-Familie.
Beim Nachbarsgrab zupft eine ältere Frau die verblühten Asternköpfe aus dem Arrangement. Stellt ebenfalls einen Erika-Topf hin. Lächelt uns zu: «Ich hab' sie auch in meinen Balkon-Kistchen. Sie sind so ideal winterresistent. Und…»
Unter den Erikas dieser Welt sind sämtliche Hoffnungen begraben.

Der sensible Hase

«... und vergiss nicht, dem Pöstler jeden zweiten Tag einen Schnaps zu geben. Er wartet darauf!»
Tante Gertrude schliesst den Koffer. «Ich fahre nur ungern weg. Und mit höchstem Unbehagen – wenn ich denke, dass ich meinen uralten Philodendron dir anvertrauen muss. Mir kommen jetzt schon die Tränen...»
«Er wird's überleben, liebe Tante!»
«Sicher. Aber ich vielleicht nicht. Und – um Himmels willen! – lauf nicht immer nackt wie ein Ei im Haus herum. In Adelboden hält sich jeder einen Feldstecher hinter dem Vorhang. Ich will nicht, dass sie dich so vor die Linsen bekommen. Und überhaupt...»
Tante Gertrude ist vom Thema abgekommen. Sie hockt genervt auf den Koffer: «Weshalb schliessen eigentlich alle Koffer so schlecht?»
«Weil immer alle viel zu viel einpacken, liebe Tante!»
Sie wirft mir einen bösen Blick zu: «Blödsinn! Ich habe... um Himmels willen: der Hase. Vergiss den Hasen nicht. Versprich mir in die Hand, dass du den Hasen nicht vergisst!»
Der Hase ist die Gertrudsche Familientragödie. Seit drei Jahren füttert sie ihn. Immer im Winter. Und immer, wenn der Schnee halbmeterhoch auf der Piste liegt. Auch dieses Jahr hat sie dem Hasen

– kaum dass die Flocken lockten – immer wieder zwei Rüebli hingelegt. Und ein Stück Altbrot: «Er hat einen unglaublichen Appetit. Am Abend, kurz vor der Tagesschau, lege ich die Sachen hin. Und am Morgen ist alles weg...»

Auf die Frage: «Ist es denn ein Schneehase?» zuckt sie etwas verunsichert die Schultern: «Das ist es eben – ich habe ihn noch nie gesehen. Wenn ich die Rüebli hingelegt habe, muss ich das Vorhänglein ziehen. Er kommt nicht, wenn Licht da ist. Da ist er sensibel. Aber es genügt mir zu wissen, dass ich für ihn da bin...»

Dann energisch zu mir: «... du wirst immer das Vorhänglein ziehen. Versprich mir, dass du das Vorhänglein ziehst!»

Am ersten Abend habe ich das Vorhänglein gezogen. Aber den Hasen vergessen.

Tante Getrude rief an: «... du hast bestimmt den Hasen vergessen. Ich spür' es.»

«Liebe Tante – ich habe ihm die Karotten sogar noch geschält!» lüge ich schamlos. Sie ist beruhigt. Am nächsten Hasen-Morgen dann – oh Seligkeit! – sind die Rüebli weg! Das Brot ebenfalls. Und meine Sorgen auch.

«Er ist gekommen», jauchze ich der Tante ins Telefon. «Ich hab' ihn gesehen – ein schwarzweiss getupfter ist's» schmiere ich noch drauf.

Sie ist verärgert: Ihr hat sich der Hase noch nie getupft offenbart: «Ich bin überzeugt, du bist wieder

nackig am Fenster gestanden…», nervt sie sich.
Am Wochenende kommt Rosie zu Besuch. Wir sitzen eben vor den Nachrichten, als da das Pistenfahrzeug vorbeirattert.
«Fast wie ein Mondfahrzeug», ruft Rosie begeistert. Und öffnet das Fenster.
«Der Hase!», brülle ich, «geh' sofort vom Fenster weg!»
Es ist zu spät. Wir sehen eben noch, wie der riesige Pistentrak über die Karöttchen donnert und diese – radderdiradderdi! – zermalmt.
Ich winke. Halte Göpfis Chrigel an: «Machst du das jeden Abend?»
«Was denn?»
«Bei uns vor dem Gartenhag vorbeipisten…»
«Eh ja – abends ist der Schnee am kühlsten!»
«Aha», sage ich, «aha!».
Am andern Tag ruft Tante Gertrude an: «Was macht der getupfte Hase?»
«Danke», sage ich «danke – sein Name ist Hase. Er weiss von nichts…»

Engelshaar

Vielleicht erinnert sich jemand noch an Engelshaar. Es rauschte stets um unsern Weihnachtsbaum. Zart. Wie hauchfeiner Nebel – hinter dem die Kugeln ihren Zauberschimmer glimmerten.
Vater war strikte dagegen. Er war der strikte «Rote-Kugeln-mit-roten-Kerzen-Typ». Entsprechend rot sah Mutter: «Das ist keine Partei-Tanne, lieber Hans, das ist ein Engelsbaum für die Kinder. Er soll ihre Fantasie anregen, damit sie in einer Welt, die alle Fantasie verloren hat, ein bisschen fröhlicher leben können...»
«Paperlapapp!» nervte sich Vater, «du mit deiner Harfen-Romantik. So wundert's ja keinen, dass sich unser Sohn Nagellack auf seine Wunschliste schreibt...»
Wir Kinder liebten das Engelshaar: «Ihr dürft es nie berühren», erklärte Mutter, «sonst verliert es seinen Glanz. Die zarten Fäden werden nämlich von den Engeln gesponnen. Und je fleissiger so ein Engel im Himmel gesponnen hat, um so mehr Wünsche gehen den Menschen auf der Erde in Erfüllung...»
Vater schickte einen Blick himmelwärts: «Diesen Zimt kann man sich ja nicht anhören! Das Ganze ist eine fette Geschäftemacherei und in Serie hergestellt. Die Kapitalisten dieser Welt führen mit eben diesem Süssholz-Geraspel die labilen Herzen

der Konsumenten, auf dass die nicht nur dieselben sondern auch das fette Dezember-Portemonnaie weit öffnen und...»

«Hans – jetzt ist es genug! Erzähle dein verdorrtes Nadel-Verslein im Hopfenkranz. Mais pas devant les enfants...»

Dann polterte Vater davon. Und Mutter schrieb auf ihre Einkaufsliste: «6 rote Kugeln» – und mit leisem Seufzen: «Wenn's ihm halt Freude macht.»

Als mein Grossvater starb und wir Weihnachten erstmals ohne ihn feierten, fragte ich in die leise traurige Stille des Weihnachtszimmers: «Spinnt Grossvater jetzt auch Engelshaar?»

Daraufhin schneuzten sich die Frauen: «Ja. Man müsste noch ein Kind sein...»

Lange Zeit haben wir dann keinen Weihnachtsbaum mehr geschmückt. Es war kein Protest gegen einen Schicksalsschlag. Es war ganz einfach unmöglich – jahrzehntelang hatte Mutter für uns die Bäume dekoriert. Als sie nicht mehr da war, hätten wir keine andere Weihnachtstanne ertragen können.

Immerhin – die Zeit heilt vieles, hilft. Es kam der Tag, wo Vater mich anrief: «Du könntest deiner Mutter doch einen Baums aufs Grab bringen. Also diese Moos-Kissen sind ja wirklich...»

Daraufhin habe ich eine kleine Weihnachtstanne geschmückt. Mit purpurfunkelnden Kugeln. Und roten Kerzchen – so wie's Vater immer wollte. Das

Echo war entsprechend: «Ich war heute dort – ein wirklich schönes Tännchen. Vielleicht fehlt ein bisschen Engelshaar, aber ansonsten...»
Engelshaar? – Natürlich!
Ich jagte durch die Stadt, klopfte die Läden nach den weissen Zauberfäden ab. Umsonst. Man pries mir Lametta in allen Farben und Schnee aus der Dose an. Doch Engelshaare waren rar, die Engel nicht fleissig gewesen...
Als ich mit einem einzigen kümmerlichen Säcklein schon leicht angegilbter Engelshaare zum Friedhof spazierte, kam mir Vater entgegen: «Ich habe die Kerzen angezündet...»
Von weitem schon sah ich das Bäumlein. Die heissen Lichter funkelten in den grauen Abend – und um das Tännchen war ein weisses üppiges Kleid mit Engelshaar gesponnen.
Vater klopfte mir leise auf die Schulter: «Die Engel sind dieses Jahr besonders fleissig gewesen...»

Inhalt

- 5 Haarige Wünsche
- 9 Society-Probleme
- 12 Fergie abgespeckt
- 15 Hang zur Krone
- 18 Lob der Suppe
- 21 Kampf den Bläsern
- 24 Socken im Kühlschrank
- 27 Verbotene Tränen
- 30 Kragen geplatzt
- 33 Nimmermehr Nummern-Meer
- 36 Busse in Bern
- 39 Spinnereien
- 42 Rosige Zeiten
- 46 Geladene Kamera
- 49 Selbstgespräche
- 52 Orthographie-Debakel
- 55 Der Spaziergang
- 59 Verschobene Waldameisen
- 62 Nacktes Grausen
- 67 Der Farbton
- 70 Liebesnacht in Verona
- 74 Sturer Autodeckel
- 78 Schusstag
- 81 Filmabend mit Familie
- 84 Arsenik im Kuchen
- 87 Der Winter heisst Erika
- 90 Der sensible Hase
- 93 Engelshaar